I0658105

Szívek határán

Szívek határán

Kortárs magyar szerzők novellái

Összeállította és szerkesztette
Hellman Borbély Andrea

"Szívek határán" ("Heartlines")

Válogatás és előszó © Duna Books LLC 2025

Novellák © szerzők

Megjelent a Duna Books kiadó gondozásában

Felelős kiadó: Hellman B. Andrea, a Duna Books kiadóvezetője

Felelős szerkesztő: Hellman B. Andrea

Borítóterv és grafika: Hellman B. Andrea

Szöveggondozás és tipográfia: Hellman B. Andrea

Elérhetőség: Submissions@DunaBooks.com

All rights reserved. No part of this publication may be reproduced, distributed, or transmitted in any form or by any means without the prior written permission of the copyright holder, except in the case of brief quotations embodied in critical reviews and certain other non-commercial uses permitted by copyright law.

Publisher's Cataloging-in-Publication Data
Szívek határán : kortárs magyar szerzők novellái /
    összeállította és szerkesztette Hellman Borbély Andrea. —
    First edition.
        Springfield, MO : Duna Books LLC, 2025.
ISBN 978-1-970934-00-7 (paperback)
ISBN 978-1-970934-01-4 (ebook)
1. Hungarian fiction. 2. Short stories, Hungarian.
3. Hungarian literature—21st century. 4. Love—Fiction.
5. Emotional life—Fiction.

Készült az Amerikai Egyesült Államokban

TARTALOM

ELŐSZÓ

KÖZELEDÉSEK

REPEDÉSEK

SZILÁNKOK

MÉLYVIZEK

ELLENÁLLÁS ÉS ÁTALAKULÁS

HAZATALÁLÁS

BEMUTATKOZÁS

ELŐSZÓ

Mi történik velünk, amikor a szeretet—ez a láthatatlan, mégis ellenállhatatlan erő—átlépi azokat a határokat, amelyeket magunknak húztunk? A kötet írásai ezt a folyamatot követik végig: azt a lassú, gyakran alig észrevehető mozdulást, ahogy a szív közeledik, megreped, eltörik, elmerül, majd valami új formában mégis visszatalál önmagához.

A történetekben felbukkanó alakok nem hősök, hanem hétköznapi emberek, akik a saját életük határhelyzeteiben próbálnak helytállni: hol bizonytalanul, hol dacosan, máskor bukdácsolva. Kapcsolódásaikban megmutatkozik, hogyan válhat a szeretet egyszerre vigasszá és sebzéssé, hogyan lesz belőle ellenállás vagy átváltozás, és milyen nyomot hagy akkor is, amikor elveszítjük, vagy amikor végre megtaláljuk.

Ha egymás után olvassuk a darabokat, egy nagyobb elbeszélés mozaikja rajzolódik ki. Nem cselekmény, hanem tapasztalat: a szív mozgása, ahogy közeledik, eltávolodik,

újratanulja önmagát. A kötet így válik egyszerre novella-
gyűjteménnyé és narratív ívvé—arról, hogyan változtat
meg bennünket minden találkozás, kötődés, veszteség és
felemelő pillanat.

Olvasható külön-külön történetekként is. De ha hagy-
juk őket egymás mellé simulni, lassan egy közös kérdéssé
állnak össze: hol húzódik a szív határa—és mi történik,
amikor átlépjük?

KÖZREMŰKÖDŐK

Kiadóvezető
Hellman Borbély Andrea

Szerkesztő
Hellman Borbély Andrea

Az antológia pályázatot értékelő zsűritagok
Alpek Csenge
Ács Tamás
B. Kósa Katalin
Csilinkó Eszter
Fignár Gáborné dr. Mokánszki Edina
Gaál Jánosné
Gere Ágnes
Gyapay Vera
Halász Erika
Lily King
Kiss Petra
Molnár-Kármán Katalin
Muhel Gábor
Nagy M. Anna
Rónai Lél
Salláné Kazsuba Gyöngyi
Somogyi Ferenc
Szabó Béláné Szabó Edit
Szendi Ildikó
T. Velczan Julia
Tüske Gyula
Ványi-Sebők Dóra
Varga Éva Gabi
Wünsch Lajos
Zentai Vivien
Zöldi László

KÖZELEDÉSEK

HŰSÉGES ORGONÁK

Jáger Luca

Behunyom a szemem, és egy szerelmespárt látok. Magunkat. Rajtad bézs vászoning, barna nadrág és a mosolyod, amitől jobb hely lesz a világ. Rajtam kék ruha és magassarkú cipő, amiben fiatal lábaimmal csak bicegek, mert annyira izgulok. Oly hirtelen jelentél meg az életemben. Mondd csak, nem felejtettél el kopogni?

Nem baj, természetes volt a szerelmünk, mint a tavasz érkezte a tél után. Mint ahogy idejekorán szirmot bont az orgona, mert már annyira szórná szét az illatát. Hány csokorral szedtél nekem… De aztán jön a szeszélyes áprilisi idő, a szél letöri az éppen csak megerősödött ágakat, és tönkreteszi a kezdődő virágzást. Tönkretette a miénket is. Elmentél, mert hívott a sereg, de nekem megsúgták az orgonabimbók: a méltóság mögött igenis félsz. Én is féltem. Fiatalok voltunk, szinte gyerekek. Te nem búcsúztál el, hogy életben tartsd a reményt, én naiv pedig hittem, hogy visszajössz, és valóra váltjuk az álmokat, amiket együtt láttunk meg.

Sokáig vártalak, de itthon sem volt biztonságos, vörösre festette a mezőket az ártatlan emberek kiontott vére, mely ugyanolyan könnyen lehetett volna a tiéd is, vagy az enyém. Végül egymásnak adtuk a kilincset az ellenséggel. Megmenekültem, de rólad nem tudtam többet annál, mint amit a csalfa remény súgott belül, hogy élsz. Évek teltek el, tanítottak, tanítottam, vándoroltam, keresve az otthonom. Írtam is, mert régen szeretted olvasni a történeteim. Mások azt mondták, van érzékem hozzá. Megint mások udvaroltak is, de nem sok eséllyel, a szívemet egy életre lefoglaltad. Az évek alatt mindent kipróbáltam, amit csak lehetett: voltam színésznő, vándoroltam a társulattal, énekeltem jazzklubokban, segítettem cukrászdában, árultam virágot, könyveket, marcipánt, próbáltam magam az élet szép dolgaira emlékeztetni. Nehéz volt, de igyekeztem, hogy egyszer büszke légy rám, hogy büszke legyek magamra, amiért éltem. Reméltem, hogy nem tettem helyetted is.

De bárhova mentem, bármilyen jó emberekkel voltam is körülvéve, mindig csak egy vándor, egy átutazó maradtam, sosem leltem otthonra. Vissza akartam térni oda, ahol a történetünk kezdődött, hogy legalább ott lehessek, ahol először néztünk egymás szemébe, ahol iskola után segítettem a latinleckédben, ahol először fogtad meg a kezem... de egy ideig még nem tudtam hazamenni. Nem akartam szembesülni vele, hogy esetleg nem vagy ott, nem akartam egy csillogó emlékműre írva újra találkozni a neveddel. Én egy márványtömbnek nem viszek virágot, ennél makacsabb vagyok, ugye tudod, Edward? Később megtudtam, megmenekültél. Hazamentem, végre volt kihez, de akkor azt mondták, máshol laksz. Úgy döntöttem, nem vándorlok tovább, nem volt már értelme, belefáradtam. Hogy elfoglaljam magam, újságot írtam és irodalmat tanítottam. Shakespeare-rel, a tavi költőkkel és sorstársaikkal szerelmet tanítottam az ifjúságnak, bízva abban, hogy ők szerencsésebbek lesznek, mint mi. Kedden délutánonként bridzsklubba jártam, és mikor a feljövő hold az ötórai teát whiskyre cserélte előttünk, meséltem a többieknek a kalandjaimról, mint egy tipikus öregasszony, akinek csak múltja van. Horgoltam, sütöttem, leveleztem régi barátaimmal, és lila orgonát ültettem a házam elé, hogy emlékeztessen az első szerelemre, hogy minden reggel, mikor felkelek és bundás papucsomban az ablakig csoszogok, téged lássalak. Sokan azt hitték, az özvegység jelképének szántam (mily trükkös ez a virág és a jelentése), egy olyan férj emlékére, akiről persze csak én tudtam, hogy sosem vett el feleségül. Ha rákérdeztek, nevetve adtam elő egy történetet valamelyik udvarlómról, s ezek színessége mindennemű kíváncsiságot kielégített ebben a szürke városban. De belül tudtam az igazat: mindvégig arra vártam, hogy hazajöjjél, és végre újra együtt legyünk. Annyi álmatlan éj, elhullajtott könny és elmulasztott lehetőség után mondd, miért nem találtuk meg az utat vissza egymáshoz? Hiszen úgy szerettelek, s te úgy szerettél. Miért ezt a szerencsétlen sorsot kaptuk örökségbe attól a generációtól, ami kirobbantotta a háborút? Nem vagyok nagyravágyó, de a nagymamád gyűrűjének jobban örültem volna...

Aztán öreg fejjel, mikor már mindennel békét köt az ember s elvarrja a szálakat, egyszer újra megláttalak a könyvesboltban. Nem is fogott rajtad az idő, a szemeid ugyanolyan üdén ragyogtak. Félénk mozdulattal közelítettél, szívem hevesen vert, mint az első csók előtt. Sokmindent megéltem, voltam őrült és lettem tapasztalt, de még így is túlcsordultak az érzelmeim.

— Ne sírj, Eloise, már itt vagyok — súgtad, ráncos kezed felém nyújtva.

Most itt állok előtted, már nyitott szemmel. Rajtad új öltöny, mert rábeszéltelek, és a mosolyod, amitől jobb hely lesz a világ. Rajtam fehér ruha, mert rábeszéltél, és magassarkú cipő, amiben még mindig bicegek, csak már más okból. A csokromban lila orgona, hogy emlékeztessen az első és egyetlen szerelemre. Drága Edward, köszönöm, hogy ennyi év után is elfogadsz társadul, és remélem, sokáig mesélhetjük még, hogyan késtünk el az esküvőnkről, nem több, mint hetven évvel. Elvégre háborúban és szerelemben mindent szabad. Életben maradni és addig menetelni is, míg a szívünk újra hazaér.

ÁDÁM ÉS ÉVA — A KEZDETEK

Kiskartali Judit

„A több parfüm még nem helyettesíti a mindennapi mosakodást"—mosolygott magában Enikő a pénztárnál sorban állva.

Két oldalról is olyan élénk pacsuliszag csapta meg az orrát, hogy kénytelen volt kissé magasabbra emelni a fejét, és onnan próbált friss levegőt beszívni. A közelben bizakodó fiúk hangoltak valami olcsón beszerezhető alkohollal az esti bulira—nem mintha a túlzásba vitt kölnihasználat a lányoknál ne lett volna éppúgy felfedezhető Enikő érzékeny szaglószervének.

Enikő felszegett feje, derűs arca magára vonzotta a tekinteteket. A tavaszt érző legények szemöldöke szaladt felfelé az ikoni szépségű lány láttán.

Mehet az érintés.

Na, végre. Kevesen aludtak a panzióban, és még maradt

az előző reggeliből is. Nem volt ok bőségesebb bevásárlásra. Telefon. Mi az már?

— A nyolcasban gluténmentes az anyuka! Vettél neki tejet, ugye? — szólt a mobilból.

Fene!

— Nyugi, kislány! Nyitva van még a bolt. Holnap találkozunk!

Enikő morogva fordult vissza a szupermarket irányába.

Ádám késésben volt. Megígérte Vicának, hogy vesz tejbevalót, de annyira elhúzódott az utolsó órája, hogy nem volt benne biztos, odaér-e zárásig. Pedig a lány volt a mindene, nem akarta, hogy bármiben hiányt szenvedjen. Könnyű a kocogás a márciusi estében. Páran álldogáltak csak a buszmegállóban; a férfi szlalomozására pedig fordultak a fejek. Lehetett is: magas, szálkás, helyes és villámgyors látomás volt csupán a bámészkodók ködében. Kicsi kora óta sportolt, ehhez kötődött korán elvesztett édesapja legkedvesebb emléke is; mikor szkanderoztak a konyha asztalnál, vacsora után. Eleinte mindig rácsodálkozott a megjátszott nehézségre, lenyűgözte a duzzadó izmok szépsége; az öröm, amint apja öblös nevetése az ő vékony kacajával párban kitöltötte a kis teret. No, és az egyetlen győzelem, ami a mai napig kétségeket hagyott maga után: vajon igazi volt, vagy sem?

Mindenesetre ez motiválta Ádámot leginkább, hogy ő is erősítsen. Minden nap jobb legyen a tegnapi önmagánál.

Aztán az érzés, hogy ez másokat is elindíthat, szétáradt benne teljesen. Tudta, hogy bár jó eséllyel gyerekekhez nemigen van türelme, de inspirálhat, és önmaga is ösztönző lehet. Isten is edzőnek teremtette! Szerette irányítani a határokat: húzni és helyenként kitolni, akár magánál, akár másnál.

Vagy csak jobb időt futni a szupermarketbe egy márciusi estén a csokis gabonapehelyért a lányának. Na, végre ideértem! Telefon. Fene. Ki az? Vica.

Ádám megállt a mobiljával babrálva a gyanútlanul várakozó bevásárlóalkalmatosság mellett. Az okoseszköz kifinomult intelligenciája roppant bizalmatlanságról tett tanúbizonyságot valamiért akkor este. A második felvétel sem járt sikerrel, pedig akkor már a férfi igencsak dörzsölte ujjbegyét a benne megülő magnezittől vagy ki tudja, milyen furmányos edzőtermi tündérporoktól.

A hangosbemondó kérte a vásárlókat, hogy hamarosan fejezzék be vásárlásaikat. Vica még mindig a vonalban volt. Csak nincs valami baj? A hívás váratlanul megszakadt.

Ebben a pillanatban futott be Enikő. Esze ágában sem volt bevásárlókocsi után nézni, de szabálykövető emberként még egy doboz tejért sem ment volna be szabványosított bevásárlóeszköz nélkül. Hol egy kosár? „Egy, csak egy legény van talpon a vidéken..." — és persze pont ott szórakozik a mobiljával az utolsó kosár mellett. Enikő villámgyorsan lecsapott rá, és már vitte is volna tovább, mikor egy erős kéz markolta meg az alkarját.

—Hé, ez az én kosaram!

—Nem hiszem! Csak álltál mellette, mint aki vár valakit kifelé jönni, és mivel én fogtam meg hamarabb…

—Azért álltam mellette, mert vinni akartam, de éppen befutott egy hívás, és…

—És a kosár meg nem pattant a karodra, ugye?

Milyen helyes ez a csaj, amikor mosolyog!

Mennyi szikra lakik ebben a srácban, amikor magyaráz!

—Tulajdonképpen viheted, én csak beugrottam…

—Nem, nem, te álltál már mellette, nekem csak egy csomag csokis zabpehely kell.

—Nekem meg a tej!—másodjára sikerült összenevetni.

Ádámnak most kezdett igazán melege lenni, nem is futás közben; míg Enikő a hátán levő megpakolt hátizsák ellenére egyre súlytalanabbnak érezte magát.

A hangosbemondó elmosódott szavait követően egy biztonsági őr lépett hozzájuk, és kedvesen jelezte, hogy idő van. Ádám ráemelte Enikőre szép szemeit, és magától sem várt konszenzussal rukkolt elő:

—Akkor pakoljunk egybe, és a végén majd külön fizetünk!

—Oké.—A lány most már nyirkos tenyérrel markolta a fekete füleket. Lépteik egymáshoz igazodtak. Milyen nyugodt tempója van! Milyen izmos, szép felépítésű! Ápolt… erős… és valami derűs felsőbbrendűség lengi körül. Nem hagyja magát siettetni. Nem ismerek hozzá foghatót. Nem emlékszem, mit keresek itt. Enikő kétségbeesetten kezdett mosolyogni saját esetlenségén.

—Te valami gluténérzékeny vagy? A jobb oldali polcon vannak még ilyen cuccok, látod?

Úgy csinálok, mint valami idióta idegenvezető! Miért érzem, hogy szüksége van az irányításomra? Milyen jó lenne még húzni valahogy az időt! Most nem érdekelne az sem, ha bezárnának ide pár órára—biztos, hogy el tudnánk tölteni az időt.

—Ki? Én? Érzékeny? Jaaa! Nem! Nem, dehogy. Reggeliztetek a fogadóban, és van, aki az lesz—hogy lehet ilyen idétlenül válaszolni, hogy, hogy, HOGY??

Ádám mosolygott—jó volt hallgatni, olyan nagyon jó volt csak hallgatni is ezt a lányt –, ami csak fokozta Enikő zavarát. Mindeközben a beszédért felelős agytekervényeinek öntudatos törpéi harakirin gondolkoztak.

Még egy hangosbemondós figyelmeztetés. Még a végén sikerült volna hat mondatnál többet váltani.

—Ez az enyém, az pedig az övé. Külön kérnénk!

—Jaj, kis csillag, már egybe ütöttem be!

—Mi történt, Marika?

—Semmi, csak a fiatalok nem tudják, hogyan szeretnék a vásárlást.

—Pedig együtt jobb, nem igaz? Hi-hi-hi!

Általános derültség töltötte meg az étert a szolgálati részleg irányából, ami pirosra festette az igen tisztelt bevásárlók orcáját.

—Hogyan is csinálom akkor, Icukám? Egy C betű és enter, vagy…?

Míg Marika és Icuka a pénztárgépet bűvölte, Enikő ingerülten levágta a szalagra az összeget (plusz tíz százalék), és morogva köszönt el. Ádám látva, hogy a tejbevaló is rendezésre került, a lány után rohant.

— Hé, kifizetted a részem! Odaadom! — Ám amikor nyúlt a tárcájába, feltűnt, hogy csak nagy címletek laknak benn.

— Nem érdekes, hagyd. Mindent a reggeliért — kacsintott vissza Enikő felszabadultan. Jólesett a hátuk mögött hagyni a boltot. Még jobban esett az, hogy a férfi utánaszaladt.

— Akkor legalább azt mondd meg, hogy hova vihetem az árát.

— A Macskanyelv Panzióba. Tudod, a dombon! Délelőtt ott vagyok.

— Megjegyeztem! Akkor szia!

— Szia!

— Jaj, hát tudod, ki az! Tudod, az az izé!

— Tisza Ádám! Tudom, persze, hogy tudom! Eszméletlen jól néz ki!

— Vele reklámozzák azt a konditermet!

— Láttam a plakátot is! De élőben még... hmm.

Enikő fél füllel hallotta, hogy mit beszélt a mosogatólány meg a szobaasszony, de nem igazán tudott figyelni: nem stimmelt a kassza.

Végre lement a reggeli. A lány rámolás előtt elindult a pultba egy gyors ellenőrzésért.

— Szia!

—Nohát! Szia!

—Köszönöm a tegnapit. Itt van a...

—Várj! Mindjárt jövök!—Ilyen nincs. Teljesen kiment a fejéből, hogy pont ő vett ki előző nap pénzt a reggelihez. Be kellett szaladnia a blokkért és a visszajáróért a táskájához az öltözőbe.

Ádám zavartan nézett utána. Általában utána futnak a lányok, nem előle—már a helyzet is vicces. Különösen, hogy a konyha lengőajtajának hajóablakán át kis csitrik figyeltek. Van, amit azért nem nagyon lehet megszokni—erre mondta Vica mindig nevetve, hogy „a rajongók, apa!"

—Itt vagyok már!

—Baj van?

—Már nincs—felelte Enikő angyali mosollyal az arcán. Ádám nem tudta eldönteni, hogy a pénznek örül, vagy a táskájának örül, vagy... vagy?

—Mit fogyaszt az úr?—egy dörgedelmes hang harsant a lány háta mögül. A tulajdonos szemét csípte, hogy a reggeli maradék még a kínáló pulton hevert, miközben a személyzet egy pohár nélküli férfival „hetyeg".

—Egy kávét kértem! De még melegszik a gép!—A főnök zavarba jött a gyors választól. Különösen, hogy nem Enikőtől jött.

—Mondtam, hogy... ööö... mondtam, hogy kapcsold fel időben!

—Igen—vörösödött bele a lány. Aznap már nem ez volt az első kávé, de az ócska gép ritka gyorsan álomba tudott merülni. Újra kettesben maradtak.

—Egyébként milyen kávét kérsz?

—Presszó. Tejjel. Köszi.—És ekkor beugrott. Róla csacsogtak reggel! Istenem, a fejük mintha oda lenne matricázva az ajtóablakhoz—ez már röhejesen szánalmas. Enikő lopva nézett ezután a háta mögé, aztán vissza a csészék világához.

—Tessék, parancsolj!

—Köszönöm, Enikő—villant a szem a névtáblára.—Én még be sem mutatkoztam. Tisza Ádám.

—Kiss Enikő. Csirió—koccant a kapucsínó a kávéval derűsen.—Egyébként mindez hogyan fér meg az egészségtudatos életmóddal, amit követsz? Kávé meg csokis zabpehely, és ki tudja még mi...

—Te érdeklődtél utánam?

—Nem kellett. Csiripelték a madarak, hogy mivel foglalkozol—leplezetlen oldalpillantás. A lengőajtó másik oldaláról csöppet sem szolidan lepattanó ifjú hölgyek derültség hullámát spriccelik az éterbe.

—Tulajdonképp nagyon sok mindent meg lehet enni meg inni mértékkel, illetve kellő mozgás mellett. Picit degradáló a fejedbe látni most: azt hitted, hogy fényevő vagyok, és esténként szöges ágyon alszom, vagy mi?

—Hát... mint a rendes fakírok!

—Éljen az önpusztítás!—Nevetős pacsi.

A főnök visszatért. Fene.

—Enikő, a felvágott meddig áll még az asztalon?

—Megyek!—Udvarias mosoly a kávéjába és mobiljába merült vendégnek. Ilyenkor bezzeg egyik csipogó sem segítene a lerámolásban!

Pár perc elteltével a lány visszatért a pultba.

—Azért tudod, hogy vérig sértettél most?—nézett fel Ádám tettetett rosszkedvvel.

—Nem mondod? Ó, jaj! Mivel tudlak kiengesztelni?—vette a lapot Enikő.

—Gyere el velem vacsorázni holnap este!

—Fakír menü lesz? Azt szeretem!

—Igen, kifejezetten! Laposra taposott füge illat, vedlett kígyóbőrrel. Desszertnek pedig komplett vízhiány.

—Az utóbbit klórozva kérem!

—Ez csak természetes. Másképp nem csúszna jól.

—Tudod, hogy hol adnak ilyet?

—Nálunk mindig van otthon, ha máshol nem, a fagyasztóban; de ha egy kicsit megerőlteti a konyha magát, akkor talán itt is fel lehet venni az étlapra.

—Azért korai lenne még oda merészkednem. Mi lenne, ha a nagy buszmegálló melletti étteremnél találkoznánk?

—Rendben. Oda nagyon jól ki tudom kötni a repülő szőnyegem.

—Én meg a tevém!

Megbeszélték az este hat órát, és telefonszámot cseréltek. Aznap már nem lehetett letörölni a vigyort az arcukról.

Egyikük sem sejtette, hogy másnap este egészen más fordulatot vesz, mint amit valaha is elképzeltek volna.

❋

A házigazda fiúk a konyhában lógtak. Kamaszos röhögés hallatszott a gyér lámpafény mellett. Vica nem félt tőlük: az apja közelsége mellett megszokta a másik nem jelenlétét—még ha érzése szerint érvényesülni nem is tudott úgy, ahogy szeretett volna.

—Sziasztok! Mi a pálya?—a konyhában egy szempillantás alatt csend lett. Patrik keze az asztalról az ölébe hullott, míg Krisztián éppen akkor pattintotta le a pezsgős palack kupakját.

—Szia... ööö... Éva, ugye?

—Igen, bár inkább csak Vicának szólítanak.

—Kérsz?

—Persze!

—Bemennél, kérlek, a fürdőbe, hogy megkérdezd a csajokat, hány pohárba töltsünk?

—Igen.

A lány sarkon fordult. Nem tudta, milyen íze van a pezsgőnek, de milyen menő, hogy együtt isznak a középiskolás fiúkkal!

Ha egy picit tovább marad, akkor hallhatta volna Patrikot: „na, ő pont jó lesz!"

—Imádom ezt a számot! Adj már rá hangerőt!

A rövidre tervezett készülődés lassan átcsúszott egy kisebb before party hangulatába. A lányok egyre önfeledtebben táncoltak a félhomályban. A fiúk valahonnan szereztek még egy üveg pezsgőt, Patrik pedig a sarokban szorgosan töltögette szét.

— A húgomnak ne! — sziszegte a fogai közt Krisztián.

Patrik hunyorított. Krisztián hátán felállt a szőr, és elgondolkodott egy pillanatra, hogy érdemes volt-e tényleg meghívni ezt a dealert. Lehet, hogy elég lett volna simán csak leitatni őket. A gondosan szárított és beállított hajak kezdtek szétcsúszni, a kezdetleges sminkek olvadtak a porcelán bőrökön. A szám véget ért.

— Igyuuunk!

— Helyes!

— Mije van a fának?

— LE-VE-LE!

— Akkor le vele!

— Oltári jól érzem magam! — karolta át Vica valamelyik srác vállát. — Ezt a dalt is imádom! Vissza kell mennem táncolni! Ne hari!

Nyomott egy puszit a meglepett fiúnak az arcára, ledobta a pulóverét a babzsákfotelre, és ingadozó léptekkel visszament a másik két lányhoz, ahol elkezdte a fenekét riszálni.

„Rá kell gyújtanom." — osont ki az erkélyre a fiú, mintegy türelemre intve ébredező vágyát.

A srácok már várták kinn.

— Na, mizu?

— Halljátok! Ez baromi gyorsan ütött!

— Minden terv szerint megy! Mondtam, hogy a Gina jó anyag! — Patrik elkezdett óvszert osztogatni.

— Hát ti meg mit csináltok itt kinn? Jaj, mintha nem

tudnám, hogy cigiztek! Anya muskátlijára nem ér hamuzni!

—Ne aggódj, hugi! Ja, és ne köpj be, jó?

—Ugyan már! Ezt megbeszéltük. De most már indulunk, búcsúzni jöttem. Kulcsot viszünk!

—Hé, várj csak! Elkísérhetünk titeket?

—Végül is miért ne?

Kisvártatva nagyhangú kis társaság álldogált a helyi járatra várakozva a konténeres buszmegállóban. Egy álmosnak tűnő, alacsony lány állt csak tág szemekkel, némán köztük. Tisza Évának hívták.

Enikő álldogált a helyi járatra várva. A fejében zsongott egy dallam, de nem érzett késztetést arra, hogy fülhallgatón át ráerősítsen. Lassan megtöltötte egy elvárások nélküli várakozás, remény nélküli hit, egy céltalan, mégis előre húzó öröm; és ez a sok ellentmondó érzés nem engedett teret semmilyen külső dallamnak. Hosszú idő óta először érezte, hogy most igazán a helyén van. Jó időben. Jó úton. Jó helyen.

Mosolyogva figyelt fel egy láthatóan becsiccsentett társaságra a balján.

Ádám az étteremnél álldogált. Nem akart egyedül bemenni, kényelmesebb volt várakozni a bejárat előtt. Évek óta nem hívott el egy lányt sem randevúra. Maga sem értette, hogy honnan szedte a bátorságot magához képest ilyen hamar, ennyire „nyomulni". Ez már nyomulás? Nem tudta. Azt sem, hogy miként akarja az egészen mostanáig teljesnek érzett élete részévé tenni Enikőt.

Annyit érzett csupán, hogy most már nem akarja azon kívül tudni.

Az előbb még olyan jó volt. Mi van itt a... ja. A keze. Melegít. Most leülünk. Hopp, az ölébe! Juj! Mindjárt elalszok... fú, de tele van a... tele van a... tele van. Húz a fejem. Hányni kell. Már nem is ott van az a kéz. Nohát. Ilyent nem is szabad. Senki nem lát, mondja. Én sem látok lassan, olyan homály van itt. Kinn is, benn is. Ideje lenne tiltakozni. Ilyen, amikor be van állva valaki?! De hát én ülök, ha-ha! Mitől vagyok ilyen álmos... fene. Felkelünk. Menni kell, aszongyák. Hupsz! Nincs meg a... nincs meg a... lépcső?!

Azért korán van még... ezek rendesen be vannak gőzölve. Akárki is itatta őket, enni nem adott, vagy nem mozgatta a népet, vagy... nem tudom. Döbbenet! Nincs hozzá semmi közöd. Semmi közöd nincs hozzá. Ne is nézz oda. Nem te adtad ki. Biztosan odaérnek, ahova kell. Amíg nem okádik senki az öledbe, addig ne foglalkozz vele. Gyönyörű szép este vár, és pont. Ne nézz oda. Ne nézz oda. Enikő zavartan mantrázott magában. Bár gyereke nem volt, de mindig moccant benne némi pultos felelősségérzet—akár fiatalokkal, akár idősekkel kapcsolatban. Mindenkinél van határ, azt lehet korrigálni, azzal lehet élni vagy viszszaélni. Mit csinálnak ezek?! A kis barnának elcsuklott a

feje, a nyálcsorgató csávó meg még észre sem vette. Ne
nézz oda! Nem a te dolgod.

Vica lába leszálláskor nem talált célt, és a lány összeesett.
A többiek nem tudták arrébb vonszolni, így félig be is esett
a busz alá. A sofőr szerencsére nem indított—hallotta a
sikítást, és látta, hogy torlódik az utazóközönség középtájt.
Enikő a másik megállótól odasietett—nem bírta tovább
megállni, hogy háttérben legyen.

—Mi történt?

—Nem tudjuk! Egyszer csak összeesett!

Nyálcsík csordult a lány félig nyitott szájából, ahogy
emelték fel a fejét. Egyáltalán nem tudott már magáról.

—Fektessük le! Mit ivott?—A fiúk összenéztek. Patrik
válaszolt zavartan.—Csak egy-két pohár pezsgőt.

—És hányszor?—kérdezte Enikő, miközben kereste
a lány pulzusát. A kérdés válasz nélkül maradt. Valame-
lyik lány még mindig sikongatott, egy másik sírva fakadt,
a fiúk a fejüket vakarták kínjukban, és valamit sustorog-
tak. A pulzus haloványan, de megvolt. Enikőtől előkerült
fél liter víz. Míg ő ellenőrizte, hogy fulladásveszély áll-e
fenn, az egyik lány zsebkendőt nedvesített, egy fiú sür-
gősségre telefonált, a harmadikuk pedig emelte Vica két
lábát, hogy gyorsabban áramoljon a vér. Ápolónő gye-
rekeként Enikő úgy irányította a kamaszokat, mintha
mindig is ezt csinálta volna, de azért belül cidrizett. A
busz elment, de a bámészkodók maradtak, ami külön

feszélyezte a lányt — és vonta el a levegőt a fekvőtől.

Miért késik? Miért ennyit? Mit csinálnak ott... azt mondta, hogy helyivel jön. Annak pedig ez a megállója. Mi történt? Sivít egy mentő.

— Enikő! — kiáltott fel Ádám döbbenten, mikor meglátta a lányt az emberek gyűrűjében térdelni.

— Vica! — fakadt ki újra, még nagyobb elánnal, és kétségbeesetten guggolt le ő is a földre. Ekkor érkezett meg az orvosi segítség. Enikő röviden vázolta a helyzetet az orvosnak, míg annak társa ellenőrizte Vicát. Ádám tágra nyílt szemekkel figyelte őket, míg magában átkozta a napot, hogy elengedte a lányát bárhova is.

A sürgősségi ügyelet gyalog közelebb volt, mint járművel, így — Patrik kivételével — a gyerekhad bandástul vonult arra; míg Ádám és Enikő beszálltak a mentőbe.

— Te ismered őt?

— A lányom.

— Neked van egy lányod? És hol a...

— Kismezei temetőben.

Csend. Sok volt, ami kettejükre váratlanul szakadt, ezért inkább a sápadt Vicát figyelték. A mentőorvos hátrafordult:

— Most már minden rendben. A leányzó állapota stabil, de muszáj megfigyelnünk még egy-két napig.

— Igen, már mondta — szólt közbe Ádám. Bántotta, hogy pont akkor nem volt mellette, amikor a legnagyobb szükség lett volna rá. Míg él, nem fogja megbocsátani magának.

—De azt nem mondtam, hogy ha nincs ott a kis hölgy maga mellett, sokkal rosszabbul is végződhetett volna! Az első lépések életbevágóak ilyen helyzetben.

Egyszerre kapták fel a tekintetüket Vicáról. Enikőnek rémisztő volt látni azt a valahonnan nagyon mélyről jövő dühöt, ami áradt a férfiból. Most meg mitől ijedt meg? Úgy néz ki, mint aki addig hátrálna előlem, amíg ki nem üti a mentő oldalát. Elkéstem, na és? Illetve... ő késett. Illetve ő pont nem késett. Odavagyok ezért a csajért.

—Köszönöm—oszlottak el a felhők a férfi homlokán. A mentős mosolyogva vette el a tekintetét a visszapillantóról. Enikő elpirult, és lesütött szemmel felelt.

—Szívesen.

Minden további szó benn akadt, és ekkor már be is fordultak az ügyeletre. Enikő magához vette Ádámék személyi iratait, hogy elkezdhesse a regisztrációt, miközben Ádám az ébredező lányát kísérte fel a kórterembe. Valami feszült, mégis törékeny bizalom húzódott kettejük között—mintha egy laminált lapra préselődött volna.

Ádám elköszönt Vicától. Aláírt még pár szükséges papírt a pultnál, aztán óvatosan átkarolta Enikő derekát, és kiterelte maga előtt a lányt.

—Hogy van Éva?

—Erős lány, megmarad! Nem egészen így képzeltem az estét. A legdühítőbb, hogy gőzöm sincs, mit és mennyit ihattak. Ez zavar leginkább.

—Ne emészd magad! Mindentől nem tudod megvédeni. Fő, hogy nem történt komolyabb baj, nem igaz?

—Hála neked! Te voltál ott az egyetlen, aki tudta, mit kell tennie, és hogyan vegye kézbe a helyzetet. Ma is megleptél. Mi minden lapul még benned?—kérdezte Ádám, miközben bal kezével óvatosan elhajtott egy rakoncátlan hajtincset Enikő orra elől, és a füle mögé simította. Amint az ujja Enikő arcához ért, a lány visszafojtotta a levegőt is—nem akarta, hogy véget érjen a pillanat. A férfi keze a tarkójánál maradt, és szelíden magához húzta. Puha ajkaik egy szívdobbanásnyi ideig csak nagyon közelről, várakozással néztek egymásra, majd egészen feloldódtak a találkozás örömében; a másik érintésében.

Derűs, fáradt férfihang zavarta meg a csókolózó párt.

—Igazán nem akarom megzavarni az idillt, de buszbaleset volt a hármason, ez meg itt ugye a sürgősség bejárata, szóval... khm!

Enikő szégyenlősen, Ádám nevetve húzódott arrébb. Huncut rebbenéssel felröppent néhány fekete rigó a lábuk mellől, mintha csak mímelt sértettséggel adnák tudtukra, hogy megzavarták őket. Az egyre közelebbről sivító mentők gyűrűjében kék-piros pingponglabdák fénye táncolt a házfalakon—mint két csapkodó szív türelmes türelmetlenséggel egymáshoz hangolódó, szenvedélyes ritmusa.

BÉBIPORT

Végh L.

— Tessék? Én teleport-technikus vagyok, nem doktor!

— De ehhez el kellett végeznie a sejttannal és a DNS-rege-nerálódással kapcsolatos kurzusokat, nem? Hogy a géppel aztán be tudja azonosítani a teleportálandó személy sejtjeit és az azzal érintkező tárgyakat, mint az olyan apróságo-kat, hogy ruha meg cipő! Az ennél sokkal bonyolultabb!

— Az teljesen rutinfolyamat! Csukott szemmel is el tud-nám végezni, mivel nap mint nap a munkám része! De amit ön akar, arra még nem volt precedens! Tiszta őrület. Honnan jutott eszébe ez az ötlet?

A nő dacosan a hasára nézett, aztán hátravetette fürt-jeit, és folytatta az erősködést.

— Igazából az ihetetlen, hogy még senkinek sem jutott eszébe! A huszadik században felvágták az ember húsát, ha valami problémát találtak a szöveteivel! El tudja képzelni?!

Ahogy egy késsel nekiállnak nyiszatolni a bőrt meg a húst, vér mindenfelé, és akkor még azt mondták, tessék örülni, az operáció jól sikerült. És most? Irányított sugárzás kell csupán, és a beteg rövid megfigyelés után már haza is mehet. Törött fog vagy fogszuvasodás? El tudja képzelni, milyen érzés lehetett anno a fúró hangját hallva kényszeredetten eltátani a szánkat, hogy az úgynevezett fogorvos kihúzza vagy betömje a tettest? Naná, hogy senki sem érvelt azzal, hogy a fogszövet építését és klónozását még sosem próbálta senki, hogy arra még nem volt precedens!

—Azért itt két különböző témakört mos egybe, amiket felsorolt, azok mind betegségek, némelyikbe bele is lehet halni...

—Mert ebbe nem lehet? Ne mondja, hogy még sosem hallott vagy olvasott a hírekben tragikus végkifejletű esetekről? Egyedül minket fenyeget a veszély, hogyha valami balul sül el, akkor szétnyiszatolják a testünket?! Semmilyen más orvosi kezelés nem igényel műtétet! Némelyik kórházban még mindig a huszadik század végi dizájnt követik, borsózöld csempékkel és harapófogókkal felszerelve!

A nő itt szünetet tartott, és két kezével megtámaszkodott a pulton, hogy kifújja magát. Inkább óvatosan hallgattam, mintsem tovább ingereljem. Magamban Katira gondoltam. Milyen boldog volt. Hogy várták a napot. Aztán Tomira, mikor egyedül jött ki a kórházból.

—Nézze—szedte magát össze a nő.—Én csak annyit kérek, hogy gondolja át a dolgot. Ön megmentette az Evergreen legénységének tekintélyes hányadát. Egy meghibásodott, szétgyötört kaszniból, melynek műszerei okádták magukból a zavaró jeleket, és maga mégis kibogozta a sejteket, átsugározta őket a mentőhajóra. Az összes többi teleportás vesztett életet. Én is láttam a holovidet és a képeket, tudom, hogy mi történik, ha a sejtek összekeverednek, tudom, hogy van kockázat. De mennyi? Ahogy mondta, a teleportálás normál körülmények között rutin. Nem mindig volt ez így. De addig tesztelték és javították a technológiát, amíg hibátlanul nem működött. Ha valóban azt hiszi, hogy az ötletem életveszélyes, elhiszem. Magának elhiszem.

Várakozóan rám nézett. Hallgattam. Most, hogy már túl voltam az első sokkon, nem tudtam rávenni magam, hogy kapásból kijelentsem, hogy őrület az egész. Amit mondott, igaz volt. Elméletileg... elméletileg nem lehetetlen a dolog.

— Egy hét múlva visszajövök — mondta halkan, és eltolta magát a pulttól. — Nincs olyan sok időm. Egy hét. Kérem!

És ezzel kisétált az irodából.

— Vivi, most már elég lesz, ideje lefeküdni!

Szórakozottan felnéztem a könyvből (*A teleportálás elméleti alapjai* c. műből). A férjem egy taktikusan feltartott játékkal igyekezett lekenyerezni lányunkat, aki szemlátomást nem volt meggyőződve róla, hogy jó üzlet hátrahagyni tucatnyi egyéb játékát azért az egy darabért.

— Plusz az esti mese, Durci legújabb kalandjaival csak az ágyban jár — emelte a tétet bordatársam. Ez már hatott, és a négyéves elballagott a negyvenévessel a gyerekszoba irányába.

Visszanéztem a lapra, amit éppen olvastam.

„Extrém esetekben előfordulhat, hogy egy célszemély (A) sejtjei keverednek egy másik személyével (B). Gondoljunk csak tömegbalesetekre, ahol az egyes sérültek vérei összemosódnak, vagy ellenséges támadások sebesültjeire a galaktikus határvonalon. Ilyen esetekben felül kell írni az alapbeállítást — bőrfelszín + ruházatnak megfelelő átmeneti zóna –, és teljes DNS-alapú teleportot kell kezdeményezni. Továbbá ilyenkor fontos kitérni az esetleges implantátumokra és orvosi információra, amennyiben a hozzáférés lehetséges. A-nál és B-nél is ellenőrizni kell a kiméra-, illetve a terhességi jelzőt, és ha bármelyik pozitív, engedélyeztetni kell a részleges DNS-párosítást. A mentés befejeztével a beállítások automatikusan alaphelyzetbe kerülnek, az esetleges balesetek megelőzése végett (James et al. 2144)."

Az asztalon ott volt előttem a laprojom, ami vetítette nekem James és munkatársai cikkét. Egy sürgősségi eset után a teleportás elfelejtette visszaállítani a testhatár + biztonsági zónát, és a következő nap folyamán a rutinszerűen munkába érkező alkalmazottak csak részlegesen érkeztek meg. A gép egy mélyebb biztonsági programja szerencsére korrigálta az életveszélyes mulasztást, de sajnos ez azzal járt, hogy jó ideig nem diagnosztizálták a szerkezetbeállítási hibát. Csak később jöttek rá olyan spontán előforduló problémákból mint egy hiányzó ideiglenes fogtömés, hátrahagyott divatparóka vagy kémcsövekből elillant minták. A probléma végül akkor derült ki, amikor az első éjszakai műszakban dolgozó nő hazaportált. A teleportkapu padlójára egy alig pár milliméteres embrió hullott a távozása után, ami egyből beindította a vészriadót. A hölgy nem tudta, hogy állapotos, és egy teljes napig, amíg végre el tudták érni, észre se vette a történteket.

A férjem visszatért a szobába, és egy kacsintással jelezte, hogy Vivi álomba szenderült.

— Mit olvasol? — huppant le mellém.

— *A teleportálás elméleti alapjai* című könyvet és a kapcsolódó cikkeket.

— Alapok? — vonta fel a szemöldökét, és megjátszott aggodalommal rám nézett. — Eddig abban a hitben éltem, hogy a világ legprofibb teleportása a feleségem!

— Ma speciális felkérést kaptam.

— Megint egy hálón kívüli bolygó?

— Egy szülés levezetése.

— Tessék?!

— A magzat kiteleportálása az anyja méhéből — magyaráztam. Elkerekedett szemekkel nézett rám.

— Egy magzat kiteleportálása? Megőrült az ember?

— Nem, bár először én is pont így reagáltam.

— Mi baja a természetes úttal?

— Túl sok rémtörténetet hallott. A fájdalom, a nőre ügyet sem vető orvosok, esetleges komplikációk, satöbbi.

—No persze—horkantott a férjem.—Ha ennyire mimóza, talán nem kellett volna teherbe esnie.

—Mondja egyik mimóza a másiknak? Ha jól emlékszem, öt perc után levetted az érzésmegosztót, mikor Vivi úton volt. Én vagy tíz óráig nem tudtam ilyen könnyen megszabadulni a fájásoktól.

A férjemben volt annyi önkritika, hogy elszégyellje magát.

—Jogos, a fájdalom tényleg szívás. De akkor is, utólag az ember kárpótolva érzi magát mindenért, nem?

Felvontam a szemöldököm.

—Tíz öltés. Hetekig nem tudtam ülni. Van, aki nem bírja ki a WC-ig utána.

—Dehát a gyerek! A mi Vivink. Szeretjük, a szülők szeretik a porontyaikat, ezért vállaljuk őket.

—Kati is ezért vállalta—mondtam halkan.

A férjem szó nélkül átkarolt, és magához húzott. Percekig csend volt.

—Lehetséges? Meg tudnád csinálni?—kérdezte végül.

—Ami azt illeti, technikailag nem bonyolult. Teljes DNS-alapúra kell állítanom a masinát, és manuálisan csekkolni az idegen elemeket. Ha a magzat megvan, invertálom a szelektálást, és az anya helyett a baba DNS-ét célzom meg. Visszaállítom a részleges DNS-párosítást, és a magzatburkot lövöm be biztonsági zónának. Utána már csak apróságokra kell ügyelnem, mint például hogy ne hirtelen üresedjen meg a baba által addig betöltött tér, vagy hogy mi legyen a kiportált csecsemővel. Mindenképpen kell egy orvos, aki átveszi az újszülött ellátását.

— Az egész annyira meghökkentő, hogy muszáj lesz egy kis időt adnod a dokinak, hogy átgondolhassa a dolgot — tanácsolta a férjem. — De tudod, nem hangzik rosszul. A világ első szülést levezető teleportásának a férjének lenni. Azt hiszem, meg tudnék barátkozni a gondolattal.

Két orvossal konzultáltam meg az elképzelésemet. Az első a saját nőgyógyászom volt, aki csendben végighallgatott, majd hosszasan magába fordult. Mikor félve rákérdeztem, mi a véleménye, mintha csapot nyitottam volna meg.

— A véleményem? — nézett fel a hologramképe. — Az, hogy miért nem jutott ez eszünkbe korábban! Abszolúte jobb megoldás lenne a császármetszésnél, és végre leszerelhetnénk azokat a rémes műtőket a kórházakban! Személy szerint, én is átgondolnám, hogy szüljek-e még egy gyereket, ha nem kellene komplikációktól tartanom a végső hajrában. Persze, tesztelni kell, hogy biztonságos-e a dolog. Felveszem a kapcsolatotot egy kollégámmal, aki jártas klinikai vizsgálatokban. Először laboratóriumi körülmények között kell tesztelni, állatkísérletekben, hogy elég biztonságos-e ahhoz, hogy embereken is kipróbálják. Nem hiszem, hogy engedélyeztetni tudjuk, mire a kuncsaftod napja eljön, de milliók életét tehetjük könnyebbé a jövőben!

A másik doki reakciója távolról sem volt ennyire pozitív. Hozzá egy héttel később, a nővel, Szilvivel együtt állítottam be, aki kis híján könnyekre fakadt, mikor megtudta, hogy komolyan fontolóra vettem az ötletét, mi több, lehetségesnek tartom azt. Az ő szülőorvosa volt a második orvos, akinek előadtam a tervet, és a száz százalékos sikersztorit az addig végzett laboratóriumi kísérletekkel kapcsolatban.

—Maguknak elment a józan eszük!—járkált fel-alá a rendelőben.—A szülés a természet része, az élet velejárója azon hölgyek számára, akik vállalják az anyaságot! Az esetek túlnyomó többségében minden rendben megy, és ha fel is lép valamilyen komplikáció, az elmúlt évszázadban tökélyre fejlesztettük az életmentő beavatkozásokat!

—A fogóval nyúlkálást és az ember lába között kotorászást? A testünk felvágását, mintha csak töltött pulykák lennénk?—Szilvi megrázta a fejét.—A fájdalmat, a kiszolgáltatottságot? Doktor úr, nekem nincs semmi problémám önnel, és kérem, ne vegye ezt személyes sértésnek. Ha van rá mód, hogy fájdalom- és traumamentesen hozzam világra a kislányomat, én inkább azt az utat választanám.

—Nézze, én megértem, hogy a szülés közeledtével fél az eseménytől—mondta őszinte együttérzéssel az orvos.—De ez az élet rendje... számtalan nő esett át a dolgon és mégis úgy döntöttek, hogy még egyszer vagy akár többször is végigcsinálják. Hát nem elég bizonyíték ez, hogy a szülés nem olyan szörnyű, megéri a vért és verítéket?

—Lehet, hogy bennem van a hiba, hogy gyereket akarok, de a kapcsolt orvosi csomag nélkül... Mondhat túlérzékenynek vagy puhánynak, de én nem akarom ráerőltetni ezt az új megoldást senkire... Csak ha már van egy felhasználható, bevált módszer, a teleport... Mi rossz van abban, hogy erre a célra is alkalmazzuk?

—Ellenkezik a természet törvényével!

—Ahogy az öregedés késleltetése is—szóltam közbe halkan.—A kopaszodás megelőzése, az impotencia megszüntetése. A penicillin feltalálása az előző évezredben. Ha már itt tartunk, csodálom, hogy egyáltalán nem aggasztja, hogy az egész orvosi szakma ellenkezik a természet törvényével.

A doki, mintha falhoz ütődött volna, elképedve meredt rám.

—Azért ezek... teljesen más...—dühösen a hajába túrt.—Lehet, hogy én vagyok túl maradi, de nem tudom helyeselni ezt az őrültséget. Fordulhat más orvoshoz, szíve joga, de kérem, fontolja meg: mi lesz, ha a gyereknek valami baja esik? Hát nem érte van minden?

—Eddig még minden teszt sikerült—felelte Szilvi eltökélten, aztán felvetette a fejét.—És az egész család boldogsága nem ugyanannyira fontos? Beleértve az apát, gyereket és az anyát is?

—Szóval, ez itt a csapat—mutatta be a kórház privát teleport-helyiségébe tömörült népet Gitta, a nőgyógyászom, aki ezúttal Szilvi nőgyógyászaként volt jelen.

—Gabi, Tamás és Timi szülészorvosok, Dénes és Gabi II. ápolók—folytatta Gitta. A terv az, hogy ők csak megfigyelőként lesznek jelen. De ha netalán balul sülne el valami, akkor anyára is, bébire is jut két-két orvos meg egy-egy ápoló. Kint a folyosón várakoznak még egy páran hordágygyal, hogyha a műtőbe kéne rohanni, de mint mondottam, erre csak vészhelyzet esetén lenne szükség, és nincs okunk feltételezni, hogy vészhelyzet lesz.

Megnyugtatóan Szilvire mosolygott, aki sápadtan, üveges szemekkel meredt az orvosi csapatra. A doki folytatta, és két fehér köpenyes alak felé intett.

—Ők itt ketten Karesz és Boba a lombikbébi-programból, akik azt vizsgálják, hogy a magzatburok újra felhasználható-e az újszülött kivétele után, mert akkor a lombikok falát ki lehetne bélelni velük a jövőben, kiküszöbölve egy sor problémát a mesterséges terhességek folyamatából.

—Végül, de nem utolsósorban, Csillő, az ügyvédünk, aki volt olyan kedves, és ellenőrizte a jogi vonatkozásokat, valamint előkészítette a jogi formanyomtatványokat. Mint tudjuk, a hivatalos minisztériumi engedélyezést még vizsgálják, de mivel semmilyen törvény nem tiltja terhes nők teleportálását, és kiskorúak esetében kizárólag a szülők hozzájárulása szükséges, a magzat kiportálása törvénybe nem ütközik. Nevezzük az eljárást a nevén—bébiport –, ahogyan mi hívjuk—villantotta körbe mosolyát.

—Meglátjuk, hogy elterjed-e—viszonoztam a mosolyt, majd a saját csapatom felé mutattam.—Hajni, az asszisztensem, és Peti meg Gergő, akik azért vannak itt, hogyha véletlenül belém csapna a villám, befejezhessék a... bébiportot. Mondanom sem kell, erre csekély az esély—a száraz humort kitörő nevetés fogadta. Az a fajta, amikor az ember annyira izgatott, hogy már minden vicces.

Míg a szoba elrendezése is bemutatásra került, odavezettem Szilvit az ágyhoz, aki élettársa segítségével nehézkesen ledőlt rá. Egy szál hátulkötős sebészeti hálóinget viselt, így jól láttam, hogy lúdbőrös a karja.

—Minden rendben? Ha fázik, teríthetünk egy takarót...—kezdtem, de félbeszakított:

—Mi van, ha az előző dokimnak igaza van?—suttogta kétségbeesetten.—Mi van, ha tényleg őrültség, és veszélybe sodrom a babát?

A partnere bíztatóan megszorította Szilvi kezét.

—Minden teszt jól sikerült. Az előző orvosod egyszerűen nem volt képes szembenézni egy ilyen rendhagyó lehetőséggel. Minden rendben lesz.

—Végig felügyelni fogom a baba sejtjeinek relatív pozícióját—nyugtattam én is.—Ha bármi változás történne az elrendezésükben, azonnal megszakítom a folyamatot, és visszaállítom az eredeti koordinátákat. Az Evergreen mentésénél is ezért sikerült a műveletem. Ha kellett, öt-hatszor is elölről kezdtem a teleportot.

Szilvi hálásan mosolygott, és valamivel nyugodtabban kezdett lélegezni. Még egyszer megpaskoltam a karját, majd visszamentem az irányítópulthoz. Körbenézve láttam, hogy mindenki a helyén—és várakozóan néznek rám. Két orvos Szilvi oldalán, egy pedig a kényelmes magasságba emelt, fél méter mély üvegmedence mellett állt. A medence testhőmérsékletű, 36 fokos izotóniás oldattal volt feltöltve. Az újszülött érkezési helye. A lombikbébi kutatók a falhoz szorított emelvényen álltak, és a hologramkamerákat igazgatták, hogy pontosan rögzítsék a történteket. A másodtelepult személyzete készenlétben állt: engem lestek, hogy mozdulataim mutatnak-e bármiféle rendellenességet. Gitta az ágy és a medence között állt a mediproj-képernyők előtt. Egy pillantással jeleztük egymásnak, hogy készen állunk.

— Orvos 1 — mondtam.

— Kész — felelt a Szilvi körül lévő csapat.

— Orvos 2 — folytattam.

— Kész — vágták rá a medencénél állók.

— Koordinátor.

— Kész — mondta Gitta.

— Kontroll.

— Kész! — jött a másodtelepult felől.

— Teleport aktiválva! Alapbeállítás módosítása teljes DNS-re. Előtérkép — soroltam a különböző elemekre bökve. — Előtérkép kész! Két célegyén. Kontroll?

— Két célegyén megerősítve.

— Szelektálás célegyén kettőre, azaz a magzatra. Előtérkép. Előtérkép kész, alapbeállítás visszaállítása testhatárra. Biztonsági zóna kijelölése, magzatburokra állítva... Kész. Kontroll?

— Biztonsági zóna megerősítve.

— Csere-töltet kalibrálása, irányított késleltetett felszívódás kalkulálása. Kész.

—Kalibrálás megerősítve—jött a visszhang.

—Koordinátor?

—Minden normál értéken. Továbbhaladás engedélyezve.

—Kiportálás kezdése zérónál. Három, kettő, egy, zéró!

A medencében lévő folyadék enyhén fodrozódni kezdett, ahogy a teleport előkészítette a helyet érkezésre, majd szinte azonnal egy fehéres-barnás, kerek buborék materializálódott benne. A magzatburok és tartalma.

—Teleportálás befejezve. Célegyén kettő normál érkezés, utótérkép-ellenőrzés. Célegyén egy utótérkép-készítés. Koordinátor?

—Életjelek rendben. Rendellenesség nincs.

—Kontroll?

—Normál érkezés megerősítve. Az utótérképek nem mutatnak károsodást.

—Minden tiszta. Teleport... Bébiport befejezve. Orvosi csapat, önöké a terep!

Óriási sóhajjal, megkönnyebbülve kiegyenesedtem, és nyugtáztam a sikert Hajnival, az asszisztensemmel. A kettes pult legénysége győzedelmesen feltartotta összes hüvelykujját.

Szilvi fejét oldalra fordítva, elkerekedett szemekkel bámulta az üvegmedencében lebegő magzatburkot, míg az orvosok felügyelték a cseretöltet felszívódását és teste állapotát. Partnere a kezét szorongatta, és szintén megbabonázva figyelte, ahogy a hólyag belsejében mozgás sejlett fel. A mediproj-jelzők nyugodtan pittyegtek.

A medencét az anya ágya mellé gördítették, majd Gitta óvatosan benyúlt, egyik kezével stabilizálta a burkot, a másikkal pedig óvatosan felhasította azt úgy, hogy újrafelhasználható maradjon. A burok résén a baba kisiklott a vízbe, még mindig összekucorodva tartva magát, kékes köldökzsinórja lazán lebegett körülötte. Mindenki lélegzetvisszafojtva figyelte, ahogy a másik orvos, Timi, kiemelte a rózsaszín, még nyálkás, testet a vízből, és Szilvi mellkasára helyezte azt, miközben Gitta kitisztította a légutakat.

A baba kinyitotta szemeit, majd a pici száját is. A csendet kettéhasította a jól ismert, ősi hang: egy csecsemő visítása.

REPEDÉSEK

PUPIN BARÁTKOZIK MARINKÁVAL

Horváth Erzsébet

(részlet a *Satrafa* című regényből)

Lapítok pár percet a dunyha alatt, ne legyek láb alatt, amíg Margit és Imrus papa öltözik.

Hallom, mindketten kióvakodnak a házból.

Bíznak bennem, nem zajgatnak a felkeléssel. Öt perc múlva úgyis szaladok az udvarra, ahol arcomba csap a fagyos levegő. De bírom, mondhatnám, szeretem a reggeli érdes fuvallatot.

Megtöltöm a lavórt a konyhában hideg vízzel, és sietve mosdok. Magamra öltöm a bordó szövetnadrágom, a kék pulóverem, ezek fölé a köpenyem.

Élvezem, hogy friss szappanillatot árasztok.

Szép a köpenyem! Majdnem a térdemig ér, karcsúsító bevarrás van a derekánál, zsebei a csípőmre szorulnak, és a gombok mentén, egészen a gallérig, halványkék, virágfüzéres szalag díszíti. Ebben csinosnak érzem magam, és ez új nekem.

Manyus tízóraija vár a konyhaasztal sarkán, becsomagolva. Zsíros kenyér paprikával. Elmajszolom a gimnáziumban.

Azt, hogy halványodik a csúf folt az arcomon, szívesen elhinném Manyusnak, meg azt is, hogy a folt nem számít, mert a lényeg a barátságos arckifejezés és a mosolygás. Mondom, elhinném, ha volna bátorságom a tükörben megnézni a foltomat. De nincs. Talán majd később. Egy hónap múlva, egy fél év múlva. Mindenesetre felkészülök rá.

A gimnázium jó nekem Ábrándon, jobb, mint amilyen a cseszteti iskola volt. Szeretek vonattal is bejárni. Haverok vagyunk a többiekkel. Általában az ablak melletti hely az enyém a fülkében.

Marinka ül szemben velem, hol ide, hol oda dobálva a lábait. Közben a fiúkra veti a tekintetét, és csak úgy fetreng a nevetéstől. Rám nem pislant túl gyakran, egy szót sem szól hozzám, de megtűr, sőt, amikor reggel kiér a vasútállomásra, az az első dolga, hogy engem megkeres a tekintetével. S ha meglát, int nekem. Mindig ő dönti el, hogy az első, a második vagy a harmadik kocsiba szállunk-e aznap. Minden reggel máshova, de főleg oda, ahol van elég hely a bandának.

Így könnyű, hogy csak követem a bejárós brancsot. Tízen vagyunk általában.

Kettő már dolgozik. Az egyik órás, a másik meg villanyszerelő. Magas, izmos és barna hajú fiúk, és láthatólag mind a ketten odavannak Marinkáért. A villanyszerelőnek csaja is volt Marinka, de egy hete, a bálban az órással táncolt, utána másnap menesztette a villanyszerelőt, aki most a vonaton sógornak becézgeti az órást.

Komoly a küzdelem közöttük. Marinka meg elégedetten kacarászgat rajtuk, s cseppet sem bánja, hogy a fiúk egy szót sem szólnak őhozzá a vonaton, egymást zajgatják a sógoros évődésükkel.

Amikor befut a vonat, még akkor is egymás szavába vágva folytatják az ugratást. Jó nagyokat hahotázva. Ebbe a vidámságba vegyül Marinka nevetése és az enyém is. Marinkával aztán mi a gimnázium kapuján befordulunk, ők tovább mennek, egymás sarkában járva és viccelődve.

Ha úgy adódik, Marinka megragadja a grabancom, bevonszol a lányvécébe, és felszólít, hogy az irodalom füzetébe körmöljem be a házi feladatát. Az nem baj, hogy elsős vagyok, ő meg másodikos, csak írjam meg valahogy, mert nem szeretne irodalomból megbukni. Legtöbbször fogalmazás a feladat, azt én egész jól megírom. Nem bánom, inkább boldog vagyok tőle, és törnek is fel bennem a mondatok nagy buzgalommal. Akár a saját házi feladatomról is kész vagyok megfeledkezni, inkább csússzon be nekem egy egyes, semmint hogy Marinka megbukjon.

Nemrég még utáltam Marinkát, főleg, mikor Égh korrepetálta fizikából és matekból. Akkor Marinka a későbbi vonattal járt haza, Égh meg direkt ezért jött át a fiúkollégiumból a lányba, hogy Marinkának elmagyarázza a fizikát.

Kár volt neki, az biztos, mert egy szót sem értett belőle. Legkevésbé a fizika érdekelte. Éghhel akart ő összegabalyodni, s én ezt bántam. De mostanra jól alakulnak a dolgok. Égh nem kajtat Marinka után, különösen, mióta az órás és a villanyszerelő vetekedve sógornak becézik egymást.

Este a klubban Marinka újból a villanyszerelő mellett feszít, és együtt lesik a tévéfilmeket. A villanyszerelő bólintgat készségesen Marinka felé, és aztán elhívja a kocsmába hubertusra vagy konyakmeggyre.

Margit szerint egy rendes lány egy korty szeszt sem vesz a szájába, és nem fizettet italt magának a fiúkkal. Ez engem ugye mindaddig nem érdekel, amíg Marinka Égh helyett a villanyszerelővel andalog, elvéve így Égh kedvét az udvarlástól. Hét közben pedig, Marinka tanítás után egyenesen az órásműhely felé veszi az irányt, ahol csupán véletlenségből belebotlik a villanyszerelőbe. Így tehát Égh nincs most a képben. Ezt én nagy örömmel nyugtázom.

Tanórák alatt is jó nekem a gimnáziumban. Azért is, mert fedésben van a bal arcfelemen a foltom. Fal mellett ülök, a kályha takarásában. Néha széngázszag van a termünkben, de ez cseppet sem zavaró nekem, csak a többiek mondogatják fintorogva.

Zsebpénzt is kapok Margittól, mióta gimnazista vagyok. Abból az állomásnál a trafikban mindig veszek valamit, többnyire fasírtos zsemlyét. Nagyon zamatosnak találom.

Van a vasútállomáson egy belső váróterem is, tanulóvárónak hívják, oda szoktam beülni, s mikor senki nem látja, akkor eszem meg a fasírtos zsemlyémet. Utána egy teljes órán át ücsörgök ott, a sárga falat bámulva, és olyankor Éghre gondolok. A lendületes, magabiztos, fiús járására. S arra a napra, amikor a fülembe súgta: Ne mozdulj! Most ne! Bizsereg a testem máris, miközben ezt felidézem.

Vétkeztünk, sem Margit, sem Imrus papa, sem Bíborka nem bocsátja meg nekünk. Annál is inkább, mert az elkövetett vétséget nem bántam meg. S ha valami csoda folytán megint kettesben maradnék Éghhel, és ő arra kérne, hogy engedjem, hogy megérintsen, akkor én beleegyeznék, megint. Mi több, lapulva, mozdulatlan vágynám.

Erre sajnos nincs esély. Meg valójában szégyenlős is lettem, s ha Égh hazatér a technikumból, akkor én menekülök a házból, ki a földre. Kapálok vagy gyomlálok, vagy szedem a babot, éppen mi adódik. Vagy a padlásra sliszszolok, kukoricát darálni, és olyan hevesen esek a daráló tekerőjének, hogy már nem én rángatom, hanem az ránt engem, eléggé megbokrosodott lendülettel.

Az iskolában persze senkivel sem beszélgetek, vagy csak keveset. Amikor megállnak mellettem, gyorsan elfordulok, hogy a bal felem takarásban legyen, és ne kelljen szembe állnom senkivel, ami azért beszélgetésekbe merülve elkerülhetetlen lenne. Én akkor vagyok elégedett, amikor a fal mellé roskadhatok, a padomba, amikor elkezdődnek a tanórák, és már kedvemre bámulhatok magam elé, ábrándozgatva. Olyankor szólalok csak meg, akkor is óvatosan, ha a tanárok kérdeznek.

Szerencsére ez ritkán fordul elő. Hiszen harmincan vagyunk az osztályban, fel sem tűnik, ha én egy hétig senkihez semmit nem szólok. Sokszor már pókhálós a szám, de nem bánom. Eközben azért én mindent észreveszek, és tudok.

Kedvelem a tanárokat itt, mert érdekes dolgokat mondanak. Ilyen szempontból legokosabb a német tanár, aki egyben a gyakorlati tanár, eredetileg kémiatanár. De a kémiát valamiért nem taníthatja. Gyakorlatit viszont nem igazán tanít, mert a gyakorlati órákon mi ülünk a helyünkön, semmit nem csinálunk, csak hallgatunk, ő meg megállás nélkül beszél a legújabb tudományos felfedezésekről. De olyanokról, hogy tátva marad a szám.

Magas ember, nagy pocakkal és széles vállal, járása féloldalas. Vastag nyakú, és a feje olyan, mint amit beszorítottak egy satuba, ellapított, és egy púp díszlik a kopasz kobakján, épp a tetején. Valami Hét újságból idézget, a felfedezések rovatból. A világ fejlődéséről, a várható újdonságokról. Némelyiktől rémületemben majd kiesek a padból, de közben nem bírom levenni szemem a tanár úrról, annyira iszom magamba a szavait. Ő meg kitartóan szónokol, komoly arcot vágva. Teleportálásról, a Holdon az életről és a rák gyógyításáról. Nem értem, honnan tud ennyit! Marinka szerint német újságokat olvas.

A többiek azonban ügyet sem vetnek rá, hadd mondja a magáét. Beszélgetnek, mutogatnak inkább egymás között a tanóráin, a szónoklatait elengedik a fülük mellett, néha azért biccentenek felé, kis egyetértést színlelve.

A tanár úr persze észrevette, mennyire lenyűgöz, ezért mostanában egyenesen az én szemembe vájja a tekintetét, ettől vörösre izzik a képem, de nem tudok ellenállni a kíváncsiságnak, és csak bámulok vissza rá kimeredt szemekkel. Gyakran meg olyan, mintha a saroknak meg a plafonnak szónokolna. Mászkál a teremben le-fel, széles karmozdulatokkal.

Nem értem, mért nem engedik, hogy tanítsa a kémiát?!

Szünetekben a többiek vadul rontanak le az udvarra, és ott beszélgető brancsokba gyűlnek. Én óvatosan oldalazok a lépcsőn lefelé, vigyázva a szabályaim betartására. Nem nehéz, csak kerülnöm kell a pillantásokat és az érintéseket.

Elég nekem beszélgetni Marinkával hazafelé, őt amúgy sem érdeklik a szabályok, egész egyszerűen azért, mert nem érti őket. Mindegy, mennyire zárkózott az arckifejezésem, ő mondja a magáét. Ezért is ül mellém a vonaton, meg áll elém az udvaron, hogy feszt mondhassa a szövegét. Hogy őt a fiúk két alkalomnál többször nem kísérhetik haza, kivéve az órás, aki rendesebb, helyesebb, okosabb, érdekesebb, mint a villanyszerelő. Miután ezt így részletezve elsorolta—minden átmenet nélkül –, rögtön annak a taglalásába fog, hogy mit fog majd csinálni délután a villanyszerelővel, hogy majd ők beülnek a klubba, a villanyszerelő beállítja a lemezjátszót, Szécsi Pál helyett a Szörényit hallgatják, mert momentán Marinkának a Szörényi sokkal jobban tetszik.

Marinkában éppen az a jó, hogy engem nem is akar meghallgatni, csak szüntelenül ő beszél. Mindegy, hogy az órásról meg a villanyszerelőről. Ritkán ugyan, de azt is említi, hogy ő érettségi után majd a vasútállomáson helyezkedik el jegypénztárosnak. Ettől elakad a lélegzetem, annyira jó ötletnek találom. Előre irigylem is érte Marinkát, és semmi kétségem, felveszik, és ő az elkövetkező évtizedekben ott fog ücsörögni az ábrándi vasútállomás jegykiadó ablaka mögött.

El is képzelem, amint ő büszkén feszít az utasok és a várakozók feje fölé irányzott fennhéjázó pillantással. A széles asztal mellett, a jegypénztárban. Sötétkék, csinos vasutas egyenruhában. És mindent tud majd a városban és a környező falvakban történtekről, a jegyre várakozó utasoktól. Akik a városi eseményeket, pletykákat, fontos gondolatokat mind felvetik előtte. Röviden, de mindenfélét kibeszélnek. Éppen a rövidség lesz a jó ebben, mert így mindig kitűnően leszűrhető lesz neki a lényeg.

Egyáltalán nem szükséges ehhez egyenleteket megoldania, sem értenie a függvénytáblázatokat.

Ő fennhéjázott így nekem ezekről. És nem igaz ám, hogy nem látta rajtam, mint sápadozok és elnémulok, meg megyek össze ámulatomban, mert annyira lenyűgözőnek, igaznak találtam azt, amit ő kifejtett nekem.

Ráadásul olyan lesz a munkája, aminek minden másodpercében csodálják az emberek a küllemét. Miközben szívja magába Ábrándról a híreket. Tudni fog az órásról, a villanyszerelőről és Éghről is mindent.

Margitról, Imrus papáról is.

A hírek szerintem olyanok, mint az olvadékvíz, áttörnek a legkisebb résen, és nem csak megjelennek egyszerre, hanem árulkodnak, hivalkodnak. Marinka pedig érzékeny az élet dolgaira, másra sem érzékeny.

Csak azt nem fogja soha megtudni, ebben meg én vagyok a biztos, hogy bennem mi is lakozik, mert az előtte titokban marad. És azt sem, ami megrázóbb a híreknél is. Tudod, Bíborka! Rólad sem értesül. Mert nem árulom el neki soha, hogy te vagy nekem.

Meg nem jön rá arra sem, hogy abban a jegykiadó irodában nekem kéne ülnöm, nem neki. Feltéve persze, hogy olyan az asztal fekvése, hogy a bal felem mindig takarásban maradhat, és hát olyan, mert már megnéztem.

SELLŐLÁNYNAK ÖLTÖZÖTT

Horváth Erzsébet

(részlet a *Satrafa* című regényből)

Tengerpalotában élő, selymes hajú, ragyogó szemű tündérlány, aki beleszeret a királyfiba, és a felesége szeretne lenni. Elhagyja érte csodálatos palotáját, a tengert, és örök fájdalmat viselne érte, csakhogy a királyfihoz hasonlatos módon, két lábon járhasson a földön, ezért lemond ezüstös, pikkelyes altestéről, cserébe az esetlen, csenevész lábakért, amik lehetővé teszik, hogy alázatosan, szerelmesen lépdeljen a kissé meggondolatlan királyfi után.

Gyönyörű mese. Margit, az én csodálatos nevelőanyám felolvasta nekem számtalanszor. Én meg a kis hableány testi tökéletlenségében, féloldalas szépségében kénytelen voltam magamra ismerni.

De ma igazi sellőlány lehetek! Margit fehér kreppapírt tekert a derekamra, onnan meg le a lábamra, egészen a bokámig. Zizegő celofánból félkör alakú pikkelyeket ragasztott a kreppre, s a combjaim meg a vállam uszonyokat növesztettek, úgy hogy kitépdeste és rám aggasztotta a cirokseprűből a sárga szálakat. Még fehér selyemszalagok is lógnak a hajamból, mintha folyondárok lennének. Kikente a szájam meg az orcám halványpiros rúzzsal.

És most lépdelek tipegve Margit mellett, az iskolánk, a valamikori úri kastély előcsarnokában. Vigyázok a sellőjelmezemre, nehogy a díszeim elvesszenek.

Ha tudnád, Bíborka, te kedves kísérő, milyen gyönyörűnek, csodásnak és boldognak érzem magam! Legszívesebben belenéznék a tükörbe is. Most biztos vagyok, annyira szép, hogy a bal felemen az a ráncos, szabdalt folt semmit nem zavar. Ebben a sellőjelmezben olyan lehetek, mint a többi lány az osztályban, akik mára szintén jelmezt öltenek, cigány lányok, néger lányok, balettosok, királylányok lesznek. Vidámak és szépek. Ahogy ma én is vidám és szép lehetek.

A frissen kisült fánkocskák illata a folyosóra szivárog. Margit máris magamra hagy, és a belső teremben sürög, ahol az anyák a süteményeket tálcákra pakolják, s keverik a málnát és a narancsszörpöt.

Égh, az én mostohatestvérem, akit imádok, szintén messze került tőlem. Idefele az úton még ketten körbe fogva kísértek, s azt mondták, álljak csak be a jelmezes sorba, ahol a tanítónők osztogatják a sorszámokat.

Legszívesebben elsüllyednék szégyenemben, amint

remegve közeledek a sorszámos asztal felé.

A sorszámkiosztást követően a felvonulók egyenként felállnak a tornateremben a zsámolyra, maguk elé tartják a számot, és bemondják a jelmezük nevét.

—Sellőlány!—suttogom.

Csillogó szemű gyerekarcok vesznek körbe. A tanárok azonban egy pillanatra leszegik a fejüket. Halvány kuncogás támad.

Sellőlány, sellőlány!—visszhangzik több helyről is. A mosolygós arcok mind elváltoznak. Vaskos, csintalankodó vihogások szabadulnak ki a jelmezek és az izgatottság, az ünnepélyesség finom árnyai mögül.

—Sellőlány vagyok.—Suttogom még egyszer magam elé a zsámolyon.

Aztán a sóhajom elhal a vad, röhögő hangorkánban. Esetlenül kászálódok le a zsámolyról a parkettára, hogy végre a többi közé csusszanva elfedjem valahogy, amit ezek műveltek velem. Azt, hogy esztelenül, megfontolás nélkül, vad vidámsággal nevetnek rajtam. Nemhogy maguk közé engednének! Nem, a kör köröttem tágulva megnyílik, és rövidke csendesedés következik. A lesajnáló kis félmosolyok az arcokon ragadnak, s ebben a gyötrelmes helyzetben valaki még egyszer is felröhög.

Sellőlány!—kurjantja el magát.

Tudod, Bíborka, mintha az eddig kiállt szégyenkezésem nem lett volna elég annak a valakinek, a szennyes lelkének, vigyorogva még egyszer kiált.

Csúf béka, bújj a lyukba!

Erre elszabadul a röhögés megint, még egyértelműbb helyesléssel, elégedettséggel, nincs menekvés. Senki sem moccan, hogy maga mellé eresszen, hogy az a francos, előttem kinyílt félkör végre elnyeljen és befogadjon. Tudod te is, kedves Gipszmária, te láthatatlan kísérő, hogy nem bírom tovább!

Apró totyogó léptekkel — mert gyorsan nem tudok haladni, a rám tekert krepptől sem -, mint egy balfácán pingvin, csak úgy tudok. Bárgyún dülöngélek, magam elé emelt karokkal keresem kifelé a testeken keresztül az utat.

Mihamarább a tornaterem melletti lányöltöző felé kéne jutnom. Ahol már nem készülődik senki. Még a belső teremből is a fal mellé sorakoznak az anyák, akik a süteményeket már mind gondosan kipakolták a fehér abroszokkal leterített padokra, és benn van a teremben az összes tanító is. Középen áll feszesen Zsigó, a mi okos és mindig határozott iskolaigazgatónk, és karba tett kézzel szemlélődik.

Bent vannak a nyolcadikosok meg a hetedikesek is, ők jelmezbe sem öltöztek, olyan nagyok és komolyak. Legfeljebb közülük a lányok öltöttek valami mókás jelmezt, mondjuk petróleumlámpának vagy holdnak, napnak, utcaseprőnek öltöztek.

Kimeredt szemekkel bámulnak rám a nagyok is. Ajkukra fagyott mosollyal és rosszallóan ingatják a fejüket.

Hiába mondod erre, Bíborka, hogy nem miattam, hogy

azok engem megértenek, kis idétlen vigyorgónak tekintik az olyan alsósokat, mint én. És azokat is, akiken a röhögéstől hullámzanak a kreppszoknyák, és riszálják magukon a bársonyokat, selymeket, miközben vigyorogva várják a következő jelmezest.

Senki sincs tisztában az én keservemmel. Kacagnak tovább egymás karjába dőlve, jóízűen, s a belső szobában finoman illatozó, süteményekre és sültekre áhítozó gyomorral tapsikolnak is hozzá, és visonganak féktelen örömükben, mint akik egészen jól érzik magukat.

Égh tekintete most biztosan áthatol ezen a számomra ellenséges, tűrhetetlen kavalkádon. A levegőt súlyossá tévő kacagásorkánon, az egymást taszigáló testek látványán. Keresgél a mögöttem bezáródók gyűrűjében. Aggódó, kutató szeme nem akar leválni a terembe igyekvőkről.

A színes kreppekkel ékített bejáratnál lelassul a tülekedés. Innen csak kettesével lehet beljebb jutni. Amint a küszöbhöz érek, rám lel Égh a pillantásával, kiválaszt a többi közül, s már látom, indulásra készen felém fordul.

Jön, hogy megragadja a kezem, és hazaráncigáljon innen, mert inkább otthon kuporog velem, semmint itt a csúfolkodók között hagy. Ha a közelembe ér, ronda világ támad, még tán le is akaszt egy-két nyaklevest a vigyorgóknak, s én ezt most nem akarom.

Tudod, Bíborka, nekem most semmi és senki nem segíthet, ezzel az én bajommal, úgy ahogy van, egyedül akarok maradni.

Nincs a világon rettenetesebb számomra—így sellőnek öltözve—minthogy még annál is nevetségesebben fessek, mint amikor a zsámolyra felállva kimondtam, hogy sellő vagyok.

Ne sajnáljanak, ne vigasztaljanak, ne lássanak, és ne legyek!

A lányöltöző ajtaja felé senki nem tolakszik. Átfúrom magam gyorsan az idétlenek sorfalán. Királynők, tündérek kreppszoknyája akad a sellőpikkelyekbe, foszlanak rólam, a többiek talpa alá gyűrődnek. Fénylő, ezüstös lapocskáim így semmisülnek meg! Fájó szívvel elhullajtom őket.

Ami igaz, az igaz, senki nem figyel rám, csak tódulnak a süteményekkel és szörpökkel megrakott fehér asztalok felé. A lemezjátszó tűje csikorog, Szécsi Pál „Egy szál harangvirág" című dala felcsendül. Utálom én ezért is a farsangi bált, az ilyen ocsmányan hazug dalszövegekért. Mert nekem senki nem fogja énekelni, hogy „ennyi csak, mit adhatok, és kívánok még nagyon sok boldog névnapot". Mert az én féloldalas megjelenésem mellett még a nevem is hülyén hangzik. A Paula, abból lett a Pupin. Rühellésre méltó és gyűlöletes név, mint mindenem.

Legjobb, ha nem vagyok.

S ezen a boldogan indult téli napon, amikor kinn a hópelyhek csendesen ereszkedni kezdenek a focipályára, és a kastély fenyőfái méltósággal kapkodják magukra fehér lepleiket, én éppen elhagyom a zsibongást, napom egyetlen ügyesnek mondható mozdulatával egy keskeny ajtórésen át besomfordálok az öltözőbe.

Amennyire lehet, lassan és dobogó szívvel hajtom be magam mögött a barna furnérlemezes ajtót.

Az öltöző csak egy keskeny folyosó, a végében nagy ablakkal. Két oldalt a falnak támasztva hosszú tornapadok, rajtuk nagy halmokban az iskola összes jelmezbe öltözött lánykájának a gönce. Rakott szoknyák, bordó nadrágocskák, kék pamutszoknyák és fekete meg barna, bakancsszerű fűzős bőrcipők. Beszórva a padok alá. A legtöbb kibomlott fűzővel, kitaposottan hever a szürke kövön.

Tömény, meleg testszag árad. Nyoma sincs itt a tornaterem előtti sütemények édeskés, bódító párájának. Mégis, Bíborka, itt most nekem nagyon jó.

Mert mozdulatlanok köröttem a levetett szoknyák, blúzok és nadrágok. A cipők sem csosszannak, koppannak. Itt senki nem keres, és nem talál rám. Talán Égh is szerencsésen megfeledkezett rólam, s amikor hazaérünk, az arcomon látott kínlódást valahogy nem említi. Ez lenne nekem a jó.

El is határozom, végig itt maradok a farsangi mulatság alatt. Dehogy teszem ki innen a lábam! Megtaláltam a megoldást szorult helyzetemre.

Az ablakhoz surranok, nézem, ahogy kékes homály tekeredik a hótól fehérlő fenyőágakra, a focipálya is ezüstösen csillog, a hó lassan mindent megajándékoz sejtelmes ragyogással.

Örvendek, legalább nekem is jut a mai nap szépségéből.

Mind közelebb és közelebb megyek az ablakpárkányhoz. S ekkor elsuhan előttem óvatosan egy árnyék, elfedi a kinti látványt. Olyan, mintha értem jött volna, hogy megragadjon az üstökömnél fogva, amiért mindig azt teszem, amit nem kéne.

Fülelek tovább, ám egy pisszenés sem hallatszik. Felemelem a fejem, éppen csak elszakad tekintetem a padlón csúszkáló kék és sárga sálaktól, meg a prémes gallértól, ami egy sáros csizmatalp mellé hullott. Egy villanással újra sűrű, letaglózó fehérség takarja be a fenyőket és a focipályát.

Jaj, Bíborka, drága Gipszmária, mit nem tettél velem? Hiszen nem mást látok, nem másba találtam belepillantani, mint a tükörbe. Zsigó állíttatta ide a lányoknak, ez előtt fésülködtek egyenként tornaóra után. A kastély pincéjéből hozatta fel tegnap a nyolcadikos fiúkkal. Égh is segített, ő hozta a tükör talpát. Tegnap a többi lány mind elé állt, egyenként tépdesték a tükör előtt kipirult arcukba csapódó hajukat, és gyűrték a fülük mögé, és nyálazták a szájuk szélét. Mind hosszan és aprólékosan vizsgálgatta izzadt arcát meg a ruházatát ebben az ovális tükörben.

Én persze nem álltam elé, csak végignéztem az összes lánynak a tollászkodását, aztán úgy tettem, mint aki már az elején túlesett a fésülködésen, és lehajtott fejjel felvonultam a tanterembe.

Rettenetes most a tükör sugárzása. Fehér ingemre tapad a tekintetem, és érzékelem—ahogy már annyiszor –, hogy a bal karom jól láthatóan befelé fordul; vékonyan és élettelenül eláll a törzsemtől, szerteszét nyíló ujjaim esetlenül mutatnak lefelé. A bal csípőm kissé megroggyan, mintha állandóan oldalra fordulnék. Mindig ilyen idétlen a testtartásom! Főleg, ha megfeledkezem magamról. Mintha örökké mások bocsánatáért esedeznék, pont olyan vagyok.

De a félszeg testtartás mind semmi, a riasztó szörnyűség feljebb honol. Ott-ott, a nyakamnál kezdődő gyűrődés, az az egymást szabdaló, egymáson feszülő, egymásra gyűrődő élettelen bőrredő, mint a gyűrött lepedő a mosatlan rongyok között, tart felfelé a bal oldalamon a csúfság.

Margit azt mondta, ha tükörbe pillantok, az ne tartson tovább három másodpercnél. És akkor is csak a jobb felemnél nézzem magam.

De most a tükörben a bal felem láttam meg. Siralmas és elfogadhatatlan, mert egészen a fülemig húzzák a redők a bal szemhéjam, és a szám bal csücske is lefelé konyul. Mélyedések, sötétlő egymásra rakódások vannak az arcomon.

Hiába szép a másik felem, benn sem látni szebb arcfelet. Meg hát nekem csigás, szőke hajkoronám van; a belé font fehér szalagoktól most még gyönyörűbb. A kintről sugárzó kékes fényben egészen párásnak és omladozónak tűnik. Mégis: amit szemlélek, az most maga a rettentő csúfság. A csúfság hatalma! A homlokomtól az államig húzódó, megsemmisítő folt.

Fura, apró villanásokban a jelmezemre tűzött

celofánpikkelyek darabjai most egymáshoz verődnek. Ha nem tudnád, Bíborka, éppen a belőlem kitörő zokogástól rezegnek; némelyik lemondóan elhagyja sellőtestemet, és a padlóra hullik.

Gyökeret vert a lábam; bámulom a kékségtől, fénytől búcsúzó üveglapot, a tükröt. Kintről pedig virít a frissen lehullott hó szikrázó fehérsége, és azt dörömböli az agyamba, hogy fogoly vagyok, bezáródtam ide. Legszívesebben ebben a pillanatban el is süllyednék.

Haragvó, kínlódó pillantásom még mindig a bal felemet elfoglaló sebhely mélyedéseiben, kitüremkedésében turkál.

Az a Nagyhatalmú hova tette a szemét, amikor ebbe beleegyezett? Amikor a forró, toroskáposztás fazék megbillent a sparhelten, s mire Margit elkapta, már késő volt. Csak egy löttyintés volt az egész.

Régen minden második falusi házban előfordult ilyen szerencsétlen eset, hogy a forró edényből kiömlő víz valakit telibe talált, hogy zsír pattant valakinek a szemébe, vagy a gyerekek magukra rántották a húslevest vagy a toroskáposztát. De olyan mégiscsak ritkán volt, hogy a fortyogó, sűrű étel egy asztal alól kimászó, kétéves gyerek arcára, vállára loccsanjon, amikor éppen védeni akarják. Épp akkor. Ezt mi sem igazolja jobban, minthogy a másik felem épségben maradt.

Ha úgy vesszük, megkönyörült rajtam a Nagyhatalmú. Margit szerint ő akkor is velem volt, még ha nem is hallottuk a szárnysuhogását.

Ordítani kezdtem, nyomban egy hideg vizes ronggyal képen töröltek. Margit vizet löttyintett egy lavórba, s abba dugta a fejem. Azt mesélte, vadul kapálóztam, és prüszköltem, de ő csak szorította a vállamat, s teljes erővel nyomott le a víz alá. Mint az alvadt vér, olyan csomók úszkáltak a szemem előtt, a sűrű toroskáposzta terjedni kezdett a vízben. S ott úszott körben a hajam is, ragacsokba tapadva.

A ruhám későn fejtették le rólam, nem gondolták, hogy a forró léből jutott a bal vállamra, s a bal lapockámra, az oldalamon le, egészen a csípőmig, és a bal combon elülső fele is kapott belőle. Ráadásul mélyen rám égett a zsíros lé. Hiába vonaglottam, nem gyanították, hogy az égés nem csupán a képemen dúl, a vállamat, a karomat és a combomat is érte.

Ez maradt utána, az eltorzult bal felem. A bal karom kifelé fordulva, esetlenül lóg, és balra roskadva járok. Sosem feledkezem meg az egyszerű szabályról: akármi van, csak a jobb felem tartom mások felé — még a családtagjaim felé is. Égh felé is csak a jobb oldalamat fordítom, nehogy elszokjak a jobbos irányú mozdulattól, mert akkor óhatatlanul a bal felem mutatnám meg a legkevésbé ildomos pillanatban.

Ha ütnek vagy szavakkal sértenek, akkor sem teszek másként.

— Ne állj senkivel se teljesen szemközt, és még kevésbé balról. Semmiképpen. Inkább menekülj, fuss el!

Hogy roggyanna rá az ég arra, aki a farsangot kitalálta!

Ha nincs ez a jelmezes felvonulás meg összegyűlés, akkor megmaradhattam volna ma is a jobb feles mozgásomnál és félreállásomnál, és nem röhögtek volna ki a többiek a sellőlány-öltözékben, és nem látszott volna a sebhely sem.

Ki gondolta, hogy én ügyetlenül felvetem a fejem, s Égh arcát keresem a zsámolyon állva, kutatom a szemét és a vonásait, benne a helyeslő, simogató pillantást.

Az arcom elé fésült tincsek egy gonosz fuvallattól — de leginkább saját léptem lendületétől — hulltak hátra, feltárva a két arcfelem közti kiáltó ellentétet: egyszerre a szép és a rút arcot. S aztán már késő volt. Minden erő elhagyta a bal kezem, és nem mertem visszaigazítani a hajam.

Most idebenn a szürkeséget feloldó kinti kékség, az ezüstösen pergő hópihék csillámai sem segítenek. Csúfságom szétterül a tükörben, egyre bővülő körökben.

Jobb kezemmel letépem derekamról a maradék celofánpikkelyeket. Gyűröttek, és — mint a hópihék — lassan, táncolva hullanak lefelé.

— Fordulj el! — motyogom magamban, s a kicsusszanó hangok szánalmat keltőek az áporodott szagú öltözőben.

Folyamatosan áramlik be a vidám nyüzsgés zaja, amire áhítoztam. Kissé felocsúdva kezdek hátrálni, s ahogy mozgolódom, nagy robajjal a kőre verődik Zsigó vésője. A jelmezemből kiálló seprűcsomók megakadtak a végében, s most nagyokat visítva fordul a véső párat a kövön.

Felragadom, s heves lendülettel lépek a tükör felé, és még mielőtt a tükörlap újból elém rajzolná csúfságom,

panaszos nézésem—amelynek hatása a fénytelen öltö-
zőben túltesz minden más árnyékon –, a jobb kezembe
szorított vésővel lesújtok. Egyenesen a tükör közepébe. S
nincs megállás: még vagy kétszer az üveghez verem a vésőt.
Akkora a csattanás, hogy sem a kinti morajlások, sem
saját nyüszítésem hangjai nem hallhatók, csak a frissen
csörömpölő szilánkoké. Teljes már a sötétség az öltözőben;
kintről sem látszik a havazás, meg a távolban pislákoló
utcai lámpa fénye sem. Üvegdarabkák potyognak a lábam
elé; kis szúrásokat, finom érintéseket észlelek.

Nem fáj, Bíborka, akkor sem éreznék semmit, ha a
szilánkok mind egyesével a hasamba és a combomba
fúródnának.

A nyüzsgés és a vidámság hangjai aztán szépen visz-
szatérnek. Finom, meleg hullám csúszik le a bőrömön;
talán a karomon vagy a bokámon is van belőle. Mindegy,
türelmesen várok, itt úgyis rám találnak. Amikor majd a
teremben minden véget ér, mind iderontanak, s idegen-
kedő rosszallással körbevesznek, míg el nem vonszolnak.

Váratlan tompa puffanást hallok, léptek tartanak felém.
Valaki a villanyt felkapcsolta, s a mennyezetről csüngő
bádogtányérból foltos, gyér lámpafény érkezik. Látsza-
nak megint a szétdobált ruhák, felső testeket, lábakat
formázó rongydarabok, s a lépteket elhagyó bakancsok,
apró csizmák.

A lábamnál sok-sok éles tükördarab hever, mind, mint a
pengék, egymáson. Jobb kezemmel szorítom a balt, főleg

ott, ahol a meleg áramlás bizserget.

Csodálatos a sötét karton a tükör helyén. Sikerült szétvernem Zsigó ajándéktükrét; csak a keret szélein fénylenek a vékony törmelékek.

Most veszem észre, mennyire kapkodva lélegzem. Kitörne rajtam az elégedett kuncogás, ha erre ő időt hagyna.

Megrázza a vállam, és rám kiált:

— Pupin, három percet bírtál volna ki, utána már nem téged lesnek. Hogy a ragya verje ki őket, a más baján így röhögni!

Margit ott hagyta a roskadó asztalt, tele krémesekkel és csokoládétekercsekkel. Kijött a zsúfolt belső teremből, áttört a jelmezes csoportokon, elhaladt a bizalmasan kuncogó nagylányok előtt; a fiúkat, akik a bordásfalnál támaszkodtak, valósággal oldalba lökdöste, és máris benyitott ide, az öltözőbe, ahova abban a percben senki más nem tévedhetett.

Kiránt az üvegtörmelékek közül, tenyerét végigfuttatja megtépázott sellőtestemen, kitépi a hajamból a fehér selymeket, és átkötözi vele a karom; a csomót szorosra húzza. Erős kézzel, elszántan dolgozik rajtam, véget vet a finom meleg bizsergésnek.

— Hogy rogyna rájuk a magas mennybolt! — szitkozódik, de a szavakat halkan ejti ki, figyelme a karomra tapad. Amikor látja, hogy már nem áramlik belőlem a vér, a tornapad széléhez vezet, megrántja az ép felemet. Engedelmesen leroskadok, ő meg a sarokból előráncigált söprűvel és lapáttal a kezében hadakozik. Az üvegszilánkok két-három söprés nyomán eltűnnek, zubogva landolnak a sarokba állított bádogkannában. Fehér kötényenek sarkával nyomkodja az arcom.

— Menj gyorsan haza!

Hálásan simulok Margit derekához, ruhájába mélyesztem a csúf felemet, és érzem a sütőben sercegő vajdarabkák, fánkok édes páráját az orromban.

Az én csodálatos nevelőanyám tudja, mindig mi a leghelyesebb. Láthatod, Bíborka, egy rossz szót nem mondott, pedig összetörtem a tükröt, és nem a véletlen műve volt— ő mégis kimenekít engem.

Csak egyetlen dolgon nem segíthet: nem teheti semmissé a csúfságom, a felemás arcom. Semmit nem ért a tanácsa, hogy a jobb felemet tartsam oda, mert a bal annál jobban feltűnt, minél hevesebben próbáltam rejtegetni.

Ezen csak ő javíthatna, a Nagyhatalmú, de neki ezer más dolga akad, én meg elégedjek meg azzal, hogy szüntelen hozzád beszélhetek, Bíborka.

Te arról sem tehetsz, hogy a seb velem növekedik.

Nem is értem, mi vitte rá Margitot, hogy sellőnek öltöztessen. A vasorrú bába vagy a csúf béka jobban megfelelt volna, azok illenek hozzám.

Margit most a bal karomnál fogva megragad, és vonszol a kijárat felé. Még egyszer hátra sandítok, és megint elönt a megkönnyebbülés, amiért a tükröt összetörtem, s Zsigó nem hozathat a pincéből helyette másikat, mert nincs ott több, s egyhamar nem is lesz.

Visszatér az izmaimba a feszes tartás, érzem, ahogy felemeltem a véső markolatát, ahogy elárasztott a hidege, majd egymás után többször a fejem fölé lendítve lesújtottam, aztán hallottam a friss csörömpölést.

Erre gondolok, miközben Margit a kabátomat a vállamra terítve vezet a kijárathoz. Valósággal lökdös, igyekszik mielőbb megszabadulni tőlem, ami érthető is részéről. Benn a teremben, az érett sárgán és virítóan fehéren meg pirosan sorakozó süteményeknél neki sok dolga van.

Pár év múlva te leszel itt a legszebb. Tapsolni fognak, ha megjelensz közöttük a jelmezedben — mondja konokul.

Erre bólintok, belemegyek a játékba, bár mind a ketten tudjuk, mennyire lehetetlen ez. Soha és senki nem láthat szépnek. Felemás vagyok, ahogy az öltözőtükörben láttam. Tudja ezt jól Margit, tudja jól Égh is.

Szerencsére nem Égh talált rám, s nem ő vonszol most a hóesés felé, hogy tűnjek el innen minél előbb, mert csak zavarom azokat a köröket, ahol éppen tobzódik a farsangi klubdélután: ahol a lemezjátszóról szólnak a slágerek, a fiúk felkérik a lányokat, mind szépen táncolnak, apró léptekkel rázva magukat, miközben egymásra bámulnak vagy a plafonra. Csupa vidám kacaj és mosoly az összes táncoló arca. A belső teremben pedig a kisebbek tömik magukba élvezettel a süteményeket.

Közöttük táncol Égh is, ott benn, elfeledkezve arról a kellemetlen pillanatról, amikor a gúnyolódók célba vették felemás arcom. Amikor megkapta a magáét a csúnya arcú sellőlány. Azt kapta, amit megérdemelt. S ez ellen Égh sem tehet semmit. Ne is akarja, hogy én úgy tegyek, mintha elhinném, hogy ő ezt valaha semmissé teheti.

NEM SZÉGYELLI MAGÁT, GÉZA BÁCSI?

Gál Csaba

Géza bácsi jó tanár volt, a középiskolás diákok kedvence. Történelmet és filozófiát tanított, fakultatív köröket is szervezett minden évben a lelkesebb nebulók számára. Olyan tipikus tanári kinézete volt: lobogó, kissé ápolatlan sörény, többnyire borostás arc, farmer és kinyúlt pulóver. Kiugró ádámcsutkája egyre gyorsuló tempóban ugrált fel-le, ahogy egy-egy témába mind jobban belelovallta magát.

Az órák elején átlagban másfél percig bírta ki a tanári asztal mögött ülve; aztán először az asztal tetejére telepedett, majd heves gesztikulálások közepette rótta az osztálytermet, egyre fokozódó tempóban. A kicsöngetést nem mindig vette észre, de ezt ellensúlyozta azzal, hogy rendszeresen el is késett az óráiról. Emiatt senki nem bántotta—meg más miatt sem, mert vajszíve volt. Tényleg szerette a diákjait, mindent megtett azért, hogy a legbutuskábbja is eljusson a kettesig. Kollégái is szerették, mert minden pluszmunkát szívesen elvállalt, akár osztálykirándulásról, akár rendezvényszervezésről volt szó.

Bár Géza bácsi harmincöt éves korára is agglegény maradt, a fent ismertetett kinézete ellenére a bölcsészhajlamú diáklányok szívét mégis megdobogtatta. Az agya volt a szexepilje. Ám egyszer csak jött a hír: Géza bácsi nősül! A szerencsés kiválasztott szintén pedagógus volt, matematikát tanított a kisváros másik gimnáziumában. A házasságkötéssel nem sokat vártak: megismerkedésük után fél évvel már ki is mondták a boldogító igent.

Innentől kezdve eleinte látszólag semmi nem változott. Géza bácsi ugyanúgy nézett ki, ugyanannyit dolgozott, ugyanolyan lelkesedéssel, mint azelőtt. Aztán lassan kezdett megváltozni. Már nem járkált az órákon, egy-egy felkészületlen diák felelése közben elvesztette a türelmét—ilyen azelőtt soha sem fordult elő –, különórákat nem tartott, pluszfeladatokat nem vállalt. Hát persze, a házasélet!—mondogatták akkoriban. Ez volt a közhelyes magyarázat mindenre.

A házasság három évig tartott, gyerekük nem született. A feleség összeszűrte a levet kamaszkori szerelmével, Géza bácsi szíve pedig összetört. Már nem érdekelte a tanítás, meg úgy általában semmi. Egyre gyakrabban nyúlt a pohár után, és adósságokat halmozott fel. Nem sok idő telt el, és a lakásban kikapcsolta a szolgáltató az áramot. A közösköltség-tartozást ráterhelték az ingatlanra, ahogyan a személyi kölcsön és a hitelkártya hátralékát is.

Jó helyen volt a lakás, közel a főtérhez, az árverésen hetvenszázalékos áron egyből elkelt volna. Ezt azonban Géza bácsi nem várta meg: előbb felmondott az iskolában, majd kiköltözött a város széli kiserdőbe, egy kempingsátorba. Többé nem nyomasztotta az órákra való készülés terhe, a közüzemi számlák felelőssége, sem az a nyugtalanító érzés, hogy életét becsöngetések és kicsöngetések szabdalják darabokra.

Volt ideje gondolkodni. Naphosszat járkált a kiserdőben, vagy ha úgy tartotta kedve, lefeküdt a fűbe, és gondolatban végigelemezte kedvenc filozófusainak elméleteit. Összetört szíve lassan kezdett begyógyulni, és meglepően jól érezte magát annak ellenére, hogy a hideget mindig is utálta. Valahogy ehhez is hozzászokott a szervezete.

Bejárt a hajléktalanszállóra ebédelni, egyébként azt ette, amit talált. Nem hiányzott neki az iskola sem, bár ezt alig merte bevallani magának. Két év telt el így, aztán egy reggel arra ébredt, hogy nagy jövés-menés zajlik a sátra előtt: kiabálás, fontoskodás. Kinézett, és már el is csattant egy vaku.

—Jó napot, Kemenesi úr, a *Színes Celebvilág* szerkesztőségétől jöttünk, szeretnénk egy interjút készíteni magával, ha megengedi!

Közben egyfolytában kattogott a fényképezőgép. Géza bácsi fejébe szökött a vér.

—Takarodjanak innen!—üvöltötte.—Menjenek a francba,

hagyjanak békén!

Az újságíró belátta, hogy ebből itt nem lesz riport, de azért egy jó kis szaftos, fényképekkel illusztrált cikk mégiscsak megjelent a méltán népszerű lapban.

A cikket sokan olvasták Géza bácsi volt diákjai és kollégái közül is, és megszólalt bennük a lelkiismeret. Azért az mégiscsak szégyen, hogy egy ilyen koponyának, mint Géza bácsi, a kiserdőben kelljen sátoroznia! Hogy ez miért csak a cikk hatására jutott eszükbe, azon már nem gondolkodtak el, de szerveztek egy aláírásgyűjtést „Méltó életet Géza bácsinak" mottóval. Online kampány is indult, és láss csodát, hamarosan tízezer aláírás összegyűlt.

Az időközben mozgalommá duzzadt kezdeményezés képviselői ünnepélyes keretek között nyújtották át az aláírt íveket az illetékes minisztériumi képviselőnek. A pozitív érzelmek és szándékok szinergiája végül egy önkormányzati bérlakásban öltött testet, amelyet Kemenesi Géza részére utaltak ki. A kulcsot személyesen a polgármester vitte ki a kiserdőbe, természetesen a *Színes Celebvilág* és egyéb sajtóorgánumok munkatársainak kíséretében.

Géza bácsit ezúttal is meglepte a kompánia érkezése: álmosan, kócosan, szakállasan kandikált ki a sátorból. A polgármesteri hivatal megbízott ügyintézője elmagyarázta, miért jöttek, majd megkérte, hogy vegye át a kulcsot a polgármester úrtól, és közben mosolyogjon a kamerákba. Géza bácsi valamit dörmögött, ami beleegyezésnek tűnt—valójában álomtól kótyagosan még fel sem fogta, mi történik körülötte.

De a kamerák forogtak, a polgármester nyújtotta a lakáskulcsot. Géza bácsi felnézett, és csak annyit mondott:

—De hát én itt jól érzem magam...

Nem vette át a kulcsot, nem mosolygott, csak visszabújt a sátorba, és behúzta a zippzárat. A megható jelenet elmaradt, az újságírók eloldalogtak, a polgármester dühöngött. Hogy képzeli ez a vén majom, hogy semmibe vesz? De nem csak engem—az összes jóakaróját! A miniszter úrról nem is beszélve!

Végül felcsattant:

—Nem szégyelli magát?!—üvöltötte a sátor felé, és bevágta a szolgálati Mercedes ajtaját.

SZILÁNKOK

BEAVATÁSI SZERTARTÁS

Dushan Lechky

Mosóval tizennégy éves korunk óta együtt tartottuk a születésnapunkat. Ilyenkor mindig nagy baráti társaság jött össze náluk, a szülők főztek, zabálás, ajándékozás... Nos, ahogy a barátom elég idős lett, megengedték neki, hogy házibulit szervezzen. (Ami abból állt, hogy már nem kellett a szüleivel szilvesztereznie, hanem otthon maradhatott a barátaival.) Ezek rendre pasis összejövetelek voltak, ám egy alkalommal egy lány is megjelent a társaságban. Fogalmam sincs, hogy került oda. Mosó osztálytársa volt, valami trashmetal-os csaj, aki folyton a srácokkal lógott. Én addig mindig egyedül, Mosó haverjaként voltam jelen ezeken a partikon, ezúttal viszont elkísért akkori cimborám, Johnny. Semmi közös nem volt bennünk. Mármint a lánnyal. Én amolyan zselézett fejű, menő csávó voltam, ő pedig lepukkant, alteros művészpalánta, kopott farmerben,

bőrdzsekiben... Sosem figyeltem volna fel rá. Nem volt se
kövér, se sovány, se magas, se alacsony, se különösebben
szép, vagy ronda, átlagosnak mondanám, egy abszolút
hétköznapi lány—fehér bőrű, vöröse –, akinek jelentékte-
len volta kívül esett az érdeklődési körömön, közömbösen
mentem volna el mellette az utcán. Szerintem ő is így
lehetett velem, mert nem emlékszem, hogy beszélgettünk
volna. Johnnynak jött be, ő tette neki a szépet, de külö-
nösebben ezzel sem foglalkoztam. Örültem, hogy jól érzi
magát az idegen környezetben, elvégre rajtam kívül senkit
sem ismert. A Mosó-bulik sosem voltak táncos mulatságok.
A srácok önmagukban eleve nem táncikálnak, és a Queen,
a Genesis, a Vangelis vagy épp a Kraftwerk muzsikák, ami-
ket akkoriban hallgattunk, nem arról híresek, hogy hú, de
jól táncolhatóak. Aznap este is ezek mentek. A csaj—Edit,
mint megtudtam—ugyan bepróbálkozott párszor a saját
zenéivel (hörgő-sikoltó rettenetek), amire lötyögött magá-
ban, Johnnyval, vagy egy másik sráccal, de nem aratott
osztatlan sikert a mutatvány.

Eljött az éjfél, pezsgőbontás, lassan kezdett mindenki
felönteni a garatra—én már akkor is absztinens voltam,
csak mértékkel ittam –, kitaláltuk hát, hogy menjünk be
a városba (ez azt jelenti, hogy a belvárosba) kiszellőztetni
a fejünket, egyben megnézni, milyen buli van a főtéren.
Baromi hideg volt, erre nagyon emlékszem. Nem készül-
tem az éjszakai sétára, csak egy kis farmerkabát volt nálam,
az alkohol sem fűtött, ahogy a többieket, reszkettem, mint

a nyárfalevél, ám ezt ugye nem mutattam, mert kemény csávó voltam, aki nem akart hurkalének tűnni a többiek előtt. Normál esetben fél-, háromnegyed óra alatt be lehet gyalogolni a főtérre, aszerint, mennyire lép ki az ember, nekünk azonban ez a mutatvány jó másfél óránkba tellett a vihorászó részegeinkkel. Mire beértünk, vége lett az újévi banzájnak, már csak a szétszéledő tömeggel találkoztunk. Az egyik épületből azonban vinnyogó Modern Talking szűrődött ki, ami hihetetlen lázba hozta a társaságot. Az együttest és a számaikat kollektíven rühelltük, csakis az alkoholmámor szülhette jó ötletnek, hogy arra tomboljunk. Kifizettük a belépődíjat, leadtuk a kabátokat, és táncolni kezdtünk. Ekkor figyeltem fel először a lányra. Mosóéknál, azokra az idétlen metál számokra—melyeket az én fülem semmivel sem hallott jobbnak, mint a Modern Talkingot—csak a fejét rázta, ütött, meg rúgott, ami elég nevetségesen hatott, itt azonban a zene ütemére mozgott: tekergett, siklott, lüktetett... Aranyos volt. Johnny próbálta tartani vele a ritmust, nem sok sikerrel, mert a magunkkal hozott pezsgővel a többiekkel egyetemben alaposan berúgott, később el is tűnt—mint megtudtuk, hányni—, így hamarosan kettesben maradtunk. Nem történt semmi különös; táncoltunk. Tomboltunk a tombolós számokra, lassúztunk a lassúakra... Jól éreztük magunkat. Négy órakor aztán kezdett kiürülni a hely, s mi is a nagy többséggel annak rendje és módja szerint távoztunk. Editet visszaadtam Johnnynak—akin a hányás a legkisebb mértékben sem segített—, és elindultunk haza.

Az intenzív tánccal töltött két óra bőven elég volt, hogy rongyosra izzadjak, ezért ha befelé jövet reszkettem, viszszafelé vacogtam, amit már sehogy sem tudtam palástolni. Edit azonnal észrevette:

—Jézusom, te reszketsz!—jött oda hozzám, és nyomban dörzsölgetni kezdett, hogy felhevítsen. Nem sokat segített, ezért szorosan hozzám bújt, hogy a testével melegítsen. Roppant kellemetlen volt a szitu, mert úgy éreztem, a barátomat lopom meg azzal, hogy a lány engem ölel, de ugyanakkor marha jól esett a törődése. Mondtam is neki, hogy nyugodtan menjen vissza, a barátom sokkal inkább rászorul a segítségére, én elleszek, de azt válaszolta: „Ő nem érdemli meg." És mintha igazolni akarná az élet, míg hazafelé tartottunk, Johnny végig mögöttünk kullogott, és egyfolytában azt hajtogatta: „Edit, én annyira szeretlek téged! Olyan jó a segged!..." és hasonlók. Én égtem miatta. Majd két órát tartott a visszaút, már hat óra volt, mire megérkeztünk. Fura, ezek a régi dolgok—talán extremitásuk, vagy jelentőségük kapcsán (szerintem mindenki pontosan tudja, hol volt és mit csinált 2001. szeptember 11-én, délután 14 óra 46 perckor...)—sokkal jobban rögzültek bennem, mint a közelmúlt unalmas hétköznapjainak bármely eseménye. Nehezen tudnám visszaidézni, merre jártam, mit csináltam, hány emberrel és miről beszélgettem pár napja, de annak a szilveszternek minden apró mozzanatára olyan tisztán emlékszem, mintha tegnap éltem volna át. Félúton történt…

Végig összeölelkezve mentünk, szorosan összebújva, egy pillanatra sem eresztettük el egymást. Közben beszélgettünk. Róla, rólam, Mosóról, Johnnyról, írásról, edzésről, életről és halálról… Mesélt egy könyvről (Raymond A. Moody: Élet az élet után), ami nagy hatást tett rá, és megígérte, hogy elhozza nekem. Egyik keze a derekamon, másik a mellkasomon… Egy fákkal szegélyezett úton haladtunk, fölénk boruló lombkoronák alatt a hajnal magányában, amikor azt éreztem, hogy az ujjaival megböködi az oldalamat, mintha magára akarná vonni a figyelmemet. Azt hittem, mondani szeretne valamit, ám ahogy odafordultam, megcsókolt… Úgy hőköltem hátra, mintha megégettem volna magam. Őt legalább ennyire meglepte a reakciómon.

—Mi a baj?—kérdezte.

—Semmi—siettem megnyugtatni—, csak…—nem tudtam, mit is mondhatnék, hát kibukott belőlem az igazság—Még sosem csókolóztam.

Láttam az értetlenséget a szemében, a hitetlenséget, de nem szólt semmit, visszabújt a korábbi helyére, bátorítóan megsimogatta a mellkasom, és folytattuk az utat, mintha mi se történt volna.

Egy utcányira laktam Mosóéktól. Mikor hazaértünk, a társaság nagyja már szétszéledt, csak páran maradtak, akik a „házigazdánál" lettek elszállásolva. Köztük Edit is. Illedelmesen elbúcsúzkodtam, megköszöntem a csodás estét, s már mentem volna, amikor megkérdezte:

—Nem maradsz még?

Zavarba hozott, ezért csak kérdéssel tudtam felelni:

—Azt szeretnéd?

—Igen—jött azonnal a felelet.

Úgy éreztem magam, miként egy szűzlány érezheti magát a nászéjszakán. Nem akartam ott maradni, mert szabályosan rettegtem attól, ami rám vár, de fonák módon semmire sem vágytam jobban, mint megtapasztalni azt, ami előttem áll. A józan ész és a bátortalan szív harca. Mi bajod lehet?—tettem fel a kérdést, amit aztán még nagyon sokszor feltettem magamnak az évek során. A józan ész győzött. Johnnyt feltámogattam hozzánk—a szüleim és a tesóm már aludtak –, ruhástul lefektettem az ágyamra, aztán visszamentem Edithez. Együtt átmentünk Mosóékhoz, ahol segítettünk eltakarítani a buli nyomait, majd magukra hagyva a többieket, félrevonultunk a konyhába. Soha azelőtt nem ittam kávét—azóta se –, de akkor elfogadtam azt, amit Edit csinált, holott nem is voltam álmos. Nagyon zavarban voltam. Nem! Nem is ez a jó szó rá. Izgultam! Emlékszem, a sarokban ültem, a konyhaasztal mögött egy széken, Edit előttem sürgött-forgott, tett-vett, közömbös dolgokról beszélgettünk, de éreztem a növekvő feszültséget, amit a kínosan kerül téma teremtett... Aztán egyszer csak megkérdezte:

—Igaz, amit odakint mondtál? Hogy te még sosem csókolóztál?

Szabályosan szégyelltem magam, amikor be kellett

vallanom:

—Igaz.

—Akkor barátnőd sincs?

Töredelmesen bevallottam, nincs.

—Meleg vagy?—szegezte nekem ekkor, amire az önérzetem rögtön reagált:

—Nem, dehogy!

—Akkor meg hogy lehet?!—fakadt ki hirtelen.—Annyira jól nézel ki, biztos tapadnak rád a csajok, a diszkóban is mindenki megbámult!

Nem értettem, miről beszél.

—Nem vettem észre, én csak téged néztelek…

Erre elmosolyodott:

—Meg kell zabálni téged!

Kiderült, totál félreismert. Alapvetően izomagyúnak gondolt, akit csak a hasizma meg a bicepsze érdekel—„a gyúrósok mind tuskók!"—, de bennem kellemesen csalódott. Szimpatikus volt neki, hogy nem részegedtem le, hogy nem hangoskodtam, mint a többiek, a legnagyobb hatást mégis a diszkóban tettem rá. Ő nem tartotta magát különösen szépnek—szerinte egy olyan srác, mint én, bármelyik csajt felcsíphettem volna azon a helyen, nálánál sokkal dögösebbeket—, meglepte, hogy megtisztelem a figyelmemmel, hogy végig vele maradok, és közben egyszer sem akarok kikezdeni vele. (A hozzám hasonló alfahímek—tőle hallottam először ezt a kifejezést—meg vannak róla győződve, hogyha egy kevésbé szép lányt környékeznek meg, az könnyebben odaadja magát.) Jó volt velem táncolni, soha, senkivel nem érezte még ilyen felszabadultan magát, ezt szerette volna meghálálni, amikor meg akart csókolni.

Aztán odajött hozzám, beleült az ölembe, s miközben átölelte a nyakamat, közölte:

— És ez továbbra is fennáll! — Köpni-nyelni nem tudtam. — Megengeded? — kérdezte úgy, hogy az orrunk szinte összeért.

A szívem a torkomban dobogott, az ajkam cserepesre száradt... Nem ő volt álmaim asszonya, nem ilyen nőt képzeltem el páromul, akivel majd az első csókot ejtem, és mégis:

— Persze — susogtam alig hallhatóan.

Mosó ebben a pillanatban toppant a konyhába és lepett meg minket. Lesírt róla, hogy nem kap szikrát az évődésünk láttán.

— Bocs, csak kajáért jöttem... — szabadkozott zavartan. Fogott pár megmaradt szenyót, aztán húzott is el. Edit felpattant az ölemből, s elindult kifelé.

— Gyere! — nyújtotta a kezét. Nem tudtam, mit akar, azt hittem, elnézést fogunk kérni Mosótól, amiért kellemetlen helyzetbe hoztuk, kába voltam, zavart, ideges... Mentem utána, fogtam a kezét, de nem a nappaliba vezetett, ahol a többiek voltak, hanem az egyik szobába. Aztán becsukta az ajtót...

Mindaz, amit odabent tapasztaltam, messze túltett mindenen, amiben addig részem volt, vagy amit azóta megéltem. Nem voltunk bent sokáig—talán két órát –, kilenc körül lehetett, mikor elősomfordáltunk, de Mosó addigra tűkön ült, mert a szülei bármelyik pillanatban hazajöhettek, és nem akarta, hogy „úgy" találjanak minket. Mikor Edit ránk csukta az ajtót, jobban izgultam, mint bármikor előtte, mégis készen álltam bármire. Magam nem kezdeményeztem, de hagytam, hogy azt tegyen velem, amit akar. Volt odabent egy fotelágy, Edit arra ültetett, aztán terpeszben az ölembe csusszant. Olyasmiket mondott, hogy egy nő számára nincs izgatóbb, mint felavatni egy szűz fiút, hogy nincs csodálatosabb, mint elsőként egy életre szóló emlék lenni, és hogy ezzel dédelgetett álma válik valóra. Csókolni kezdett. Finoman, puhán, érzékien... Közben folyamatosan kérdezgetett, hogy mit érzek, mi mit vált ki belőlem, mi tetszik, mi nem, majd vezetni és tanítani kezdett, hogy én mit és hogyan csináljak, hogy neki is jó legyen. Az egész olyan volt, mint egy beavatási szertartás, ahol én voltam a tanítvány, akivel a mester ősi misztériumokat oszt meg. Kigombolta az ingemet, és felfedezőútra indult a testemen, aztán ő is kibújt a pólójából, és hagyta, hogy én fedezhessem fel az ő testét. Életemben először érintettem fedetlen keblet—dús volt, tömör, nehéz—, amit pillanatokkal később már az ajkaimmal ízleltem, s úgy csüngtem rajta, mint egy éhes csecsemő. Ahogy lassan felengedtem, és oldódtak a gátlásaim, elszabadult a pokol. Az addigi óvatos, bátortalan tapogatózásból vad és szenvedélyes csókcsata lett. Mohón és követelőzve faltuk egymást, ő egyre erősebben és erősebben dörzsölte hozzám az ágyékát, miközben a nyakamat harapta és a hátamat karmolta, én ösztönösen felvettem az általa diktált ritmust, s együtt mozogtam vele, szuszogtunk, lihegtünk, nyögtünk... Fantasztikus volt. Az eseményt többször megszakították a rángásai, ám akkor még nem volt ismeretem a női orgazmusról. (Kilencvenről beszélünk, nem volt VHS-ünk, akkor még nem láttam pornófilmet.) Nekem mindenesetre nem jött össze az, ami neki, amivel tökéletesen tisztában volt, és semmiképp sem akarta úgy befejezni, hogy engem „úgy hagy". Ezt mondta, amikor nekiállt kicipzárazni... Nyomban bepánikoltam. Fogalmam sincs, miért. Talán mert azt éreztem, hogy ezzel átlépünk egy határt, amire egyáltalán nem voltam felkészülve. Érezve ellenállásomat, mellém hajolt, és duruzsolni kezdett a fülembe:

— Nincs mitől tartanod, én is ezt akarom... Szeretném viszonozni, amit tőled kaptam... Nagyon ügyes voltál!... Csodálatos vagy!... Gyönyörű vagy!... Érezni akarlak!...

Minden megszűnt körülöttem. Nem számított, hogy lassan ránk világosodik, hogy bármelyik pillanatban hazaállíthatnak Mosó szülei, hogy Mosóék a szomszéd szobában vannak, s mindent hallhatnak...

Ez volt az első tapasztalatom a női odaadásról, a női odafigyelésről és a női gondoskodásról, szerintem nem meglepő, ha örök életre szóló emlék maradt, miként az sem, hogy az élmény hatására szerelemre lobbantam iránta. Hiába nem ő volt az esetem, hogy nem ilyen párt

képzeltem el magam mellé, a történtek után minden estét
így szerettem volna eltölteni. Vele. Bódultan támolyog-
tunk ki a szobából, kéz a kézben, cseppet sem titkolva,
hogy immár egy párt alkotunk, összebújva kuporodtunk
le a nappali kanapéjára a többiek mellé, akiket csak Mosó
aggodalma tartott még ébren, hogy jaj, mi lesz, ha betop-
pannak a szülei... Nos, a megjelenésünkkel megoldódott a
probléma, végre mindenki ledőlhetett. Délután volt, mire
felébredtünk, Mosó szülei akkor értek haza. Ha csak egy
kanapén, sután összefonódva is, de életemben először
aludtam együtt egy lánnyal. Olyan boldog voltam, mint
még sosem! A kései ebéd után aztán mindenki szétszé-
ledt, így mi is leléptünk. Szívesen hazakísértem volna, de
lebeszélt gálánsságomról, mondván, foglalkozzam csak
a barátommal, tudja, hol lakom, majd jelentkezni fog...
Nem hagytam magam, ragaszkodtam, hogy legalább félútig
elkísérjem, és ebbe belement. Az addigi felszínes, általá-
nos témákat érintő beszélgetés után komolyabb diskurzust
folytattunk, s én ezáltal egy fantasztikus embert ismer-
tem meg. Egy olyan nőt, aki imád nő lenni! Aki tisztában
van azzal, mit is jelent nőnek lenni, tisztában van saját
kötelességeivel a társadalommal, a családdal és a párjá-
val szemben, aki tudja, hogy egy gyerek, az nem csak egy
„baba", hanem egy egész életre szóló felelősségvállalás...
Azért emlékszem erre annyira, mert azóta sem találkoztam
ilyen nővel, lánnyal, asszonnyal, aki ennyire tisztán és pozi-
tívan gondolkodott volna saját női szerepéről. Csodálattal

hallgattam ezt a kis lepukkant lényt, és bármit dünnyögött bennem a racionális én, hogy minden pozitívuma ellenére mégsem olyan, mint amilyet elképzeltem magamnak, az, amit megosztott velem, megerősítette a reggel tapasztaltak után ébredt bizonyosságot, hogy ő lesz az, aki egy életen át elkísér. A testiség után a szellemével is elbűvölt, s én menthetetlenül belehabarodtam!

A belvárosi felüljárón búcsúztunk el egymástól, a lemenő nap utolsó sugaraiban — emlékszem, én akartam, hogy megvárjuk, erőtlenül és hidegen derengett át a fátyolfelhőkön —, gyönyörű zárása volt ez egy csodás napnak. Legszívesebben világgá kürtöltem volna a velem megesett csodát (nem véletlenül énekli Lola: „kiabálnék, hallja meg a világ!"), majd szétvetett a boldogság, rohantam hazáig, hogy Johnnyval is megosszam a fantasztikus kalandot, de mire hazaértem, már nem találtam ott, visszament a kollégiumba. Boldog voltam, de ugyanakkor türelmetlen, máris hiányzott a lány, minden pillanatot sajnáltam, amit nem együtt töltünk, s mivel Mosó volt az egyedüli kapcsolatom vele, nyomban átszaladtam, hogy kifaggassam. Nem sok mindent tudott mondani. Neki, személy szerint nem sok köze volt Edithez azon túl, hogy az osztálytársa, az a fajta lány, aki előszeretettel lóg a srácokkal, konkrétan nem is volt meghívva, csak úgy jött a társasággal... Igazából a jelenlétét ugyanúgy nem értette, mint hogy mikor és hogyan keveredtünk össze. (Ahogy a társaság többi tagjának, neki sem volt tiszta az éjfél utáni belvárosi körút...)

A szobában történteket természetesen nem részleteztem, de minden további eseményét az éjszakának megosztottam vele. Nos, ezek után sem lett okosabb, a dolgot ugyanúgy nem értette, hogy két ennyire különböző ember hogyan találhatott egymásra, de azt a konklúziót azért levonhattuk, hogy marha jó buli volt. Akkoriban az iwiwezt, meg a facebookot hírből sem ismertük, az embereknek nagyon még otthoni telefonjuk se volt, hogy esetlegesen a telefonkönyvben, vagy a tudakozót tárcsázva vadásszak Edit után, nem tudtam mást tenni, mint várni. Várni, hogy jelentkezzen, hogy hallasson magáról... Nem jelentkezett. Legalábbis abban a három napban, míg el nem kezdődött a tanítás, nem hallottam felőle.

A suliba ugyanazzal az izgatottsággal mentem, ahogy korábban Mosót látogattam meg, alig vártam, hogy másokkal is megosszam nem mindennapi élményemet, de... Minden másképp alakult, mint ahogy annak egy normálisan működő univerzumban történnie kellett volna.

Mielőtt bárkivel is megoszthattam volna a velem megesett csodát, az egyik osztálytársam azzal fogadott:

—Hallom, együtt szilvesztereztél a csajommal!

Nem értettem.

—Mi? Már hogy szilvestereztem volna a csajoddal, amikor...

Kiderült, hogy Edit, a „csaj", akit csodáltam, s akivel már egy komplett jövőemléket éltem meg a normálisan működő univerzumban, valójában az osztálytársam barátnője volt.

Nyáron ismerkedtek meg, s már öt hónapja együtt jártak. Nem akartam elhinni. Nem tudom elmondani, mit éreztem. Olyan, mint egy arcul csapás, ami egy kellemes ábrándozásból ránt vissza a rideg valóságba. Mint álomból ébresztő hideg zuhany. Nem fogalmazódott meg bennem, hogy lehet valakije, elvégre egyedül volt! Miért csinálta? Hogy tehette?! Marha érdekes, ott és akkor nem az fogalmazódott meg bennem, hogy velem csaltak meg valaki mást, hanem én éreztem megcsalva magam, mivel már elkönyveltem őt, mint a barátnőmet! Képzeletben láttam őt, ahogy a sráccal van épp úgy, ahogy velem, talán nem is sokkal azután, hogy tőlem elbúcsúzott... Olyan lehetetlennek tűnt, hogy azt a gyönyörű emléket bármi bemocskolhatná, és lám, mégis megtörtént. Szörnyű volt! Szörnyű! Érdekes, arra már nem emlékszem, milyen párbeszéd zajlott le közöttünk a sráccal, csak a hangulata maradt meg az egésznek: a bűntudat, a szégyen, a becsapottság érzete. A legszörnyűbb mégis az volt, hogy hazudnom kellett. Addig mindig egyenes és őszinte voltam mindenkivel. Sosem hazudtam. Senkinek. Nem tudtam megbocsátani magamnak, de annak sem, aki ilyen szituációba kevert.

Aznap edzésünk volt Johnnyval. Erre azért emlékszem, mert későn keveredtem haza, s otthon kiderült, Edit már keresett. Elhozta a könyvet, amit ígért. Hallani sem akartam felőle. A könyvet elolvastam, mert érdekelt a téma, de Mosóval juttattam vissza neki azzal az üzenettel, hogy jobb, ha nem találkozunk többet, nem akarok bonyodalmat senkinek. Egyszer még keresett, szerencsére akkor sem voltam otthon, aztán Mosóval küldött egy levelet, amit olvasatlanul téptem össze. Nem voltam kíváncsi rá, sem arra, milyen magyarázatot ad a szilveszterkor történtekre. Hülye voltam, sértett önérzettel. Meg se fogalmazódott bennem, hogy talán azért szilvesztereztek külön a sráccal, mert már nem is voltak különösebben jóban, vagy hogy én jobbnak találtattam, s miattam elhagyta volna az osztálytársamat... Csak a harag lobogott bennem, amiért átejtett, s amiért nekem hazudnom kellett miatta. Nem adtam esélyt magunknak, holott a sorsnak nyilvánvalóan tervei voltak velünk, ha már egyszer összehozott bennünket. Ennyi a történet.

SZILÁNKOK

Pádár-Csernus Vivien

Reggel hat órakor csörrent meg a régi, törött előlapú mobiltelefon az ágyhoz tolt kisasztalon. Az első rezgésre kipattant Amira szeme, és már nyúlt is a készülék után, hogy elhallgattassa, mielőtt bárki más meghallhatná a házban. Jobb kezével kidörzsölte az álmot a szeméből, csak utána könyökölt fel a tiszta, ám annál foltosabb takaró alatt. Fázott, mert novemberhez képest még nem fűtöttek be. Talán ez volt a város egyetlen otthona, ahová nem vezették be a gázt, míg a fa ára az egekben.

Feltérdelt, és leakasztotta az ágya fölé bevert szögről az este kikészített ruháját: egy kopott farmert, egy számmal nagyobb pólót és egy kopott sportkardigánt. A fehérneműjét az asztal fiókjában tárolta.

Mezítláb osont az ajtóhoz, amelyet halkan kinyitott. Kilépés előtt kikémlelt a folyosóra. Korábban a szemközti tükörből mindkét irány jól belátható volt, de amióta összetört, muszáj volt kihajolnia—ezzel pedig azt kockáztatta, hogy előbb veszik észre őt, mint ahogy ő felkészülhetne a védekezésre.

A folyosó most üres volt, a többi szobából sem hallatszott semmilyen nesz, így elindult a csukott ajtajú fürdőszoba felé.

Lenyomta a kilincset, amikor odabentről megnyitották a csapot. Amira a kilincset szorongató kezére nézett, és visszatartotta a lélegzetét. Biztosan észrevették, már nem volt idő visszarohanni a szobájába. Beleharapott kicserepesedett ajkába, és benyitott. Mielőtt felismerhette volna az öccsét, már be is rántották a fürdőszobába.

—Normális vagy?—sziszegte Kispeti.—Kopogni nem tudsz?

—Bo-bocsánat—hebegte Amira. A testvére szeme roszszallóan villant, a száját is elhúzta, de azért arrébb állt, hogy a nővére is a kézmosóhoz férjen.

—Apa tegnap kiütötte magát, nem fog egy ideig felébredni—közölte vele Kispeti olyan hangsúllyal, mintha csak az időjárásról csevegne.

—És anya?—rebbent meg Amira szempillája, mire az öccse arca eltorzult az undortól.

—Mit érdekel engem, hogy mit csinál az a ribanc.

—Hogy beszélhetsz így?!—dorgálta volna meg dühösen a lány, de a testvére már kivágtatott a fürdőszobából. Neki nem kellett óvatosnak lennie.

Fogmosás után Amira visszalopakodott a szobájába. A

földre dobott, halálfejekkel telipingált hátizsákjában megkereste a fekete szemhéjtust, amivel vastagon, alul-felül kihúzta a szemét. Az összetört tükör egyik, korábban magához vett szilánkjában ellenőrizte a végeredményt. Elkészülve a tus visszakerült a táskába, az üvegdarabot pedig becsúsztatta a kardigánja zsebébe. Amint belebújt a székre dobott átmeneti kabátjába, félvállra vetette a táskáját, és elhagyta a házat.

Odakinn apró szemekben, sűrűn esett az eső. Amira fejére húzta a kapucnit. A fához kötött kuvasz bánatosan vonyított. Megsimogatta volna, de a közeledtére a kutya dühösen, farkát behúzva morogni kezdett, így némán haladt tovább; csak a kertkapu nyikordult fel a távozásakor.

A közeli, védett buszmegállóhoz sétált. Alatta már ott nevetgélt három osztálytársnője. Ahogy észrevették, azonnal látványosan hátat fordítottak neki. Most sem ment oda hozzájuk; néhány méterrel előttük, az esőben állt meg, zsebre vágta a kezét, és lehajtotta a fejét. Menet közben átázott kabátjában dacolt a hideggel.

A keze ökölbe szorult, körme fájdalmasan a tenyerébe vájódott. Erőteljesen ráharapott az ajkára; egy kicserepesedett bőrdarab le is tépett, amitől kiserkent a vére, de nem foglalkozott vele, csak tovább szorított. Mindent megtett, hogy ne látszódjon rajta, mennyire fázik, mert az csak olaj lett volna a tűzre. A lányok így is viháncolva mutogattak felé, rajta viccelődtek. Suttogtak, de szándékosan olyan hangosan, hogy értésére adják: a kinézetén és a ruháin röhögnek. Az egyikük a többiek szórakoztatására L betűt formált az ujjaival.

A busz pontban hét óra ötvenkor érkezett.

A lányok libasorban eltűntek a jármű első ajtajában. Amira utolsóként, az indulásjelző csengetésekor ugrott fel. Az egész teste beleborzongott, ahogy a motorgőzzel vegyített meleg arcon csapta. Gyorsan kitörölte az esőcseppeket a szeméből.

—Jól vagy?—kérdezték tőle a sofőr mögötti ülésről, miközben a táskája lyukas oldalzsebéből halászta elő a bérletét. Az idősödő, bajszos bácsira nézett, majd egy fintor kíséretében megvonta a vállát.

A hátsó ajtónál beszélgető társai mosolyogva intették magukhoz, de ő megállt középen, és a következő két megálló alatt elmerült a szürkésfehér házak látványában, illetve a busz csattogó hangjában. Észre sem vette, amikor megjelentek mögötte a lányok.

Ahogy megálltak a gimnázium előtt, Amira a hátizsákja pántjába kapaszkodva várta, hogy nyíljanak az ajtók.

—Mozdulj már!—lökték meg erőteljesen hátulról, mielőtt leléphetett volna.

Reflexszerűen elengedte a táskát, a kapaszkodórúd után nyúlt, de már nem érte el. Elveszítette az egyensúlyát, és akár egy sziklatömb, úgy zuhant ki a járműből, egy pocsolyába. A térde a vízbe csapódott, tenyerével kétségbeesetten próbálta tompítani az esést.

Körülötte hangosan nevettek, de nem nézett fel. A szeme

égett, a teste remegett.

— Jól vagy? — érintette meg a könyökét a bácsi a buszról.

— Mit érdekli az magát? — rántotta el a kezét Amira. A hirtelen mozdulattól fenékre esett, így már a kabátja és a hátizsákja is mocskos lett. Ekkor látta meg, hogy az egyetlen normális farmernadrágja két helyen kiszakadt. A sós könnyek utat engedtek maguknak, térde sajgott.

A bácsi újra lehajolt hozzá, de továbbra sem kért a segítségből: beletenyerelt a pocsolyába, és magától feltápászkodott. Saras kezét — már mindegy alapon — a nadrágjába törölte, száját vékony csíkká szorította, hátát kihúzta, és így vonult büszkén egészen az osztályterméig.

A buszról a lányok már a helyükön ültek, és egymással pusmogtak valamit. Amira kerülte a tekintetüket, gyorsan a fogasra akasztotta a kabátját, azután az utolsó padhoz sétált. A táskáját ledobta a földre, és becsusszant a padba. Csupán ezután érezte meg a ragacsos nedvességet. Félve a nadrágjára pillantott, amelyen egyre nagyobb folt terjedt. A széke ragadt a ráöntött, illata alapján narancslétől.

A lányok sunyin figyelték a reakcióját, majd az egyikük felkiáltott:

— Mira bepisilt!

Az osztály hangos hahotázásba kezdett. Amira megsemmisülve érintette meg a jobbjával a bal csuklóját. Ujjai régi hegeken siklottak végig.

— Csend legyen! — lépett be a tanár a terembe. Egyenesen Amirára nézett. — Mira, menj, szedd rendbe magad!

Amira csendben felállt, és kiment a mosdóba. Bezárkózott az utolsó fülkébe, és a lehajtott ülőkére zuhant. Másik nadrágot nem hozott; a narancslé foltja nem fog eltűnni, egész nap a gúnyolódások céltáblája lesz. Égett az arca a szégyentől. Benyúlt a kardigánja zsebébe, és megérintette az üvegdarabot. A csuklójába jóleső fantomfájdalom hasított. Előhúzta a szilánkot, és a kezében forgatta.

Valójában az apja törte össze, amikor nekilökte az anyját. Talán, ha ordított volna, a mérge gyorsabban továbbszáll—és nem alkalmaz fizikai agressziót. De az apja halkan, a fogai között szűrte ki a gúnyos, kegyetlen szavakat. Ostobának és feledékenynek nevezte az anyját, akibe újra és újra „bele kell vernie", hogy máskor emlékezzen.

Az üvegdarab Amira bőrét simította.

Egy vágás, egy csepp vér, fájdalom, egy újabb emlékheg.

—Mira, jól vagy?—kopogtattak az ajtaján. Az igazgatónő volt az.—Az imént járt nálam egy idős úr, és elmesélte, mit tettek odakinn veled.

Másnap reggel ismét hat órakor csörrent meg Amira mobilja. Most is óvatosan ment a fürdőbe, kopogott, de Kispeti még nem jött elő a szobájából. A kutya ismét morgott a közeledtére, de a buszmegállóban nem várta senki sem. Egyedül szállt fel a pontban hét óra ötvenkor érkező buszra. A bérletét felmutatva, leült a sofőr mögé. A mellette ülő bácsi némán megszorította a kezét, ő pedig félénken, de bizakodva rámosolygott.

SEBEK

Pádár-Csernus Vivien

—Holnap felelés!—zárta az órát a tanár, jelentőségteljesen pillantva az első sorban ülő Bantik ikrekre.

Amira az utolsó padra nagy nyomtatott betűkkel ráírta a saját vezetéknevét: Alapi. Olyan sokszor és olyan erővel húzta át, hogy a Rotring hegyével bele is karistolta a zöld lakkba, de nem érdekelte. Ugyanúgy nem, ahogy a tanárt sem az, hogy az ábécében az A nem a Zs után következik.

—Gyertek, menjünk pizzázni!—csicsergett egy lánygyűrű közepéről a barátnője a terem másik végében. Elég hangosan ejtette ki a szavakat ahhoz, hogy Amira a feltörő zsivajban is meghallja.

A Rotring bekerült a halálfejekkel kipingált tolltartóba, az meg a fekete, rongyosra használt hátizsákba. Amira padtárs híján könnyedén kicsusszant, táskáját a vállára dobta, majd kifelé menet a földet bámulva kerülgette a többieket.

Egy pillanatra összeakadt a tekintete a barátnőjével; amaz diadalittasan ragyogott, miközben belekarolt két lányba. Amira ismét a kopott linóleumra nézett, és halk mormogással kiszaladt a folyosóra.

A bejáratnál néhány kilencedikes két verekedő fiút állt körbe. Amira nem figyelte, ki csépel kit; megpróbált minél gyorsabban átverekedni magát a bámészkodókon, de mielőtt elérte volna a kaput, valaki megragadta a csuklóját:

— Állítsd meg az öcsédet! Még megöli!

Amira felszisszent az érintésre, de nem húzta el a kezét, ösztönösen megdermedt. Lassan, lélegzetét visszafojtva fordult vissza a szorítás irányába. Szeme sem rebbent, amikor meglátta a testvérét, aki szisztematikusan püfölt egy másik gyereket.

— Kispeti, hagyd abba, menjünk haza! — suttogta, közelebb lépve a földön térdeplő öccséhez. Ujjbegyeivel hozzáért a hátához, de csak annyira, hogy ha a fiú visszacsap, hátra tudjon ugrani. Szerencsére nem volt rá szükség: Kispeti dühtől eltorzult arccal ugyan felé kapta a tekintetét, de az ökle megállt a levegőben. Meglepetésében elengedte az alatta fekvő osztálytársat, aki nyüszítve hátrált ki alóla. A tömeg lassan kezdett szétszéledni. Senkinek sem tűnt fel, hogy tanár egy sem volt a közelben.

— Ahhoz a vadbaromhoz? — köpött egyet felállva Kispeti. — Menj csak egyedül, nekem mára elég volt, nincs több pofonra szükségem! — törölte le a vért a szája sarkából.

— De anya... — motyogta a lány inkább csak magának. A

testvére már nem hallhatta, mert miközben előhalászott egy cigit a zsebéből, tovább is állt.

Végül Amira is a kerülő utat választotta. Vezetékes fejhallgatóját a régi MP3-lejátszóhoz csatlakoztatta, és elindított egy ezeréves válogatást, amit még a nagynénje töltött fel rá, mielőtt neki ajándékozta. Judy Garland gyermeki hangja mosolyra késztette, és a nap folyamán először mert álmodozni, hiszen az álmok egyszer tényleg valóra válnak a szivárvány felett.

A folyópartra ment, ahol békák ugráltak a vízben, halak úsztak az árral, vadvirágok illatoztak a kövek között.

Az egyik bozótosból kis kóbor cica bukkant elő. Folyamatosan a lába körül császkált, megállás nélkül nyávogott. Amira rámosolygott, leguggolt hozzá, és simogatni kezdte. Az egyenletes mozdulatoktól felmelegedett a szíve is.

—De jó neked!—vakarta meg az állát a doromboló, hízelkedő macskának. Fájdalom nyilallt a falcolás hegeibe, s ismét elöntötte a vágy, hogy bárcsak egy kedves kis kutyaként reinkarnálódhatna.

Közben a cirmos tovább szagolgatta a tenyerét, dörgölőzött, de amint rájött, hogy nem kap enni, sértetten, farkát égnek meresztve elbattyogott. Amira kókadt fejjel állt fel, és az ellenkező irányba—hazafelé—indult.

Nem volt elég gyors. Éppen hogy becsukta maga mögött az ajtót, az utcáról meghallotta az öregje mély, pálinkától reszelős hangját:

—Marí!

Majd egy kutya fájdalmas vonyítása. A lány tudta: ez Bozont volt, a család korcsa. Az apja őt sem kímélte, rendszeresen oldalba rúgta az acélbetétes munkásbakancsával. Amira anyja azon nyomban előkerült a konyha rejtekéből. Remegő kézzel igazította meg a napi munkától zilált haját, majd ragyogó, széles mosollyal tárta ki a férje előtt az ajtót.

—Készen van már a vacsora?—ordított a férfi.—Húzd le a cipőmet!

Amira gyomra felfordult, ahogy az anyja szófogadón, lehajtott fejjel, összeszorított szájjal teljesítette a parancsot—köszönetképpen azonban a hajánál fogva rántották fel, majd lökték hátra.

—Nincs szükségem ilyen szerencsétlenre—köpte a szavakat az apja, ahogy a nőt az előszobaszekrénynek taszította, és besétált a konyhába.

A feleség a földre zuhant, a szekrény tükrét hangos csörömpöléssel törte össze. Halk nyöszörgéssel, vágott sebekkel, véres halántékkal mászott ki a fürdőszobába.

Amira lehajolt, és felvett egy éles üvegdarabot.

LÉTEZHETETLEN

Habony Gábor

A személy nem létezik önmagában, csupán kapcsolatok hálójaként — Buddhista tanítás

Mintha valami leszakadt volna odabenn, mintha elveszítette volna egy testrészét, mintha lelke egy darabja kiröppent volna az autó félig lehúzott ablakán, hogy önálló életre képtelenül megsemmisüljön valamiféle éteri fekete lyukban. Történt valami... valakivel. Sejtelme sem volt, hogy mi és kivel, de a bizonyosság belefészkelte magát a gondolatai közé: valami történt valakivel.

Utoljára akkor érzett ilyet, amikor nagyapja meghalt. Otthon ült és tévézett, a többi átlagos tizenhat éves lányhoz hasonlóan éppen unatkozással töltötte a délután egy részét, amikor a vonat kisiklott, és beborította az állomás falát. Több száz sérült, valamivel kevesebb halott, köztük a nagyapja. Csak két nap múlva tudta meg, szülei nem tartották fontosnak, hogy előbb szóljanak—de ő akkor már mindent sejtett. Az a végtelen hiányérzet úgy csapott belé, mintha kést döftek volna a szívébe. Egyszerre okozott tompa sajgást a mellkasában, és végtelen nélkülözést, mélységes hiányt lelkében.

Aznap sokszor elbőgte magát, valójában már csak levezetéseként mindannak, amit abban az egyetlen pillanatban átélt. Valószínűleg ugyanabban a pillanatban, amikor a vagon az oldalára fordult, és összegyűrődve elpusztította az egyetlen embert, aki akkoriban jelentett valamit számára.

Anyjához és apjához sohasem kötődött igazán mélyen. Persze, kiskorában talán igen, mint minden gyerek, de azután rádöbbent, hogy már képtelen felnézni a szüleire. Ahogy kamaszodott, egyre kevésbé volt képes végighallgatni őket, ha néha mondani akartak neki valamit. Azonban Nagyapa olyan volt, mint a legjobb barát és a legjobb apa egy személyben. Még a haverok is kedvelték az öreget.

Azon a végzetes napon feneketlen hiányérzet és veszteségtudat vágta mellbe. Ugyanaz, amitől az imént, az autóban bóbiskolva hirtelen összerándult, és néhány pillanatra elakadt a lélegzete. Megpróbált erőt venni magán, és remélte, hogy Jónás nem vett észre semmit. Hosszú volt az út a Balatonról haza, és a fiú feszülten koncentrált a vezetésre. Úgy tűnt, valóban nem fedezte fel a dolgot.

Nagyjából három éve költöztek össze, bár nem igazán számolták a napokat. Próbáltak normális életet élni, megértették egymást, és a néhanapján felszínre törő feszültségektől eltekintve jól megvoltak. Az első év még veszekedések sorozatával telt, de azután lecsillapodtak, talán valamennyire meg is ismerték egymást. Vagy talán mégsem, és ezért voltak még együtt. Ki tudja? Kit érdekel?

Nem, ebbe nem akart belegondolni. Egyáltalán nem akart belegondolni semmibe, ami összefügg a kapcsolataival, mert az csak oda vezetett volna, hogy felidézi a Fakulást, ahogy a Nagyapa halála utáni időszakot nevezte. De minden hiába, elég volt csak gondolnia rá, és máris minden újra lejátszódott a fejében.

Kifakult. Nem a ruhája, nem egyszerűen csak elsápadt, hanem... nem talált rá jobb szót. Kifakult a létből. Legalábbis elkezdett fakulni. Ha egyedül maradt valahol, teste hamarosan áttetszővé vált, elveszítette színeit, és belül ürességet, emésztő űrt érzett. Akármennyit gondolkodott a dolgon, csak annyira jutott, hogy valamiért egyedül képtelen a létezésre.

A folyamat lassan zajlott le, több év alatt jutott el az igazi Fakulásig. Tinédzserkori depresszióként indult, de az ő kis személyes nihilje átlépte a lélek határait. Olyannyira, hogy a teste is elindult a nagybetűs Semmibe vezető úton.

Lénye legmélyén üresedett ki, és kellett valaki, hogy léteztesse. Kezdett mániákusan ragaszkodni az élethez, a létezéshez, és mint minden mániákus, végletek között csapongott. A lehető legnagyobb lendülettel vetette bele magát a társasági életbe, és csak azért járt iskolába, hogy addig is emberek között legyen. A délutánt mindig valamelyik barátnőjénél töltötte, estefelé pedig rettegve ment haza, arra számítva, hogy valamelyik éjjelen végleg megszűnik, megsemmisül.

Sikerült valamiféle egyensúlyt kialakítania a létezés és a Fakulás között. Társaságban szilárdnak érezte magát, élőnek, ha nem is teljesnek, hiszen a hiányérzet beköltözött, már ott lakott a lelkében. Amikor egyedül maradt, vagy éjjel, amikor a szülei már elaludtak, és nem tartották fenn a lényét azáltal, hogy legalább tudomást vettek róla, kiment a fürdőszobába, és csak bámulta magát a tükörben, nézte bőrének tompaságát, szemlélte saját, kifakulófélben lévő arcát.

Amikor ezt először felfedezte, hónapokig tartó kétségbeesés öntötte el. Sejtelme sem volt, mi történik vele, nem tudta, hogyan fogalmazhatná meg és hová forduljon bajával. De hiába nevezte meg végül, mert amikor volt valaki a közelében, a Fakulás megszűnt, így nem szolgálhatott bizonyítékkal.

Félt, kétségbeesése mindig átcsapott rettegésbe, ha egyedül maradt, és ismét fakulni kezdett. Idővel erőt vett magán, és elhatározta, hogy szembefordul a sorsával. Fogcsikorgatva leküzdötte a félelmeit, amelyek így kíváncsisággá változtak. Tanulmányozni kezdte önmagát, a környezetét és a Fakulást. Nem mintha így bármit is megtudott volna a dologról, de legalább könnyebben elviselte. Legalább könnyebben elfogadta, amikor végképp nem talált rá megoldást.

Azután megismerkedett Ferivel. Volt már néhány kap-
csolata, de azokat is csak arra használta, hogy ne kelljen a
Fakulással foglalkoznia. Feri mellett egyáltalán nem kellett.
Azonban ezt nem vette észre, amíg csapongó, hedonista
életmódja miatt el nem veszítette a fiút. Amikor ráunt,
egyszerűen kidobta, mint a többieket, és csak később jött
rá, mekkorát hibázott. Lehet, hogy Feri szerelme csupán
ifjúkori fellángolás volt, de valós érzelemként elegendő-
nek bizonyult ahhoz, hogy amíg együtt jártak, ő egyáltalán
nem fakult. Utólag, persze, már hiába átkozta magát.

Rájött, hogyan tarthatja meg lénye teljességét akkor
is, ha egyedül marad valahol. Valamilyen viszony kellett
hozzá, valós érzelem, amelyet az ő irányában érez valaki.
Olyan kapcsolat, amely él, létezik, és ezáltal létezteti őt.
Régóta sejtette már, hogy szüleiben nem tombol a szeretet,
és bizonyítékot talált erre, hiszen az ő állítólagos szerete-
tük nem enyhítette a Fakulást.

Azonban akkor már késő volt, nem sírhatta vissza a
fiút. Megpróbáltak újra összejönni, és ha gyengébben is,
de a Fakulás megmaradt. Az elkövetkező néhány évben
a Fakulás mértékéből mindig le tudta szűrni, mennyire
üres az élete, mennyire nem számít senkinek, mennyire…
létezhetetlen.

Csak azóta érezte magát újra valóságosnak, majdnem
teljesnek, mióta a főiskolán részt vett a cserediák-program-
ban. Becca napok alatt a legjobb barátja lett, és valószínű,
hogy az angol lány többet is érzett a barátságnál. Nem

kerültek intim viszonyba, szóba sem jött a dolog, de tőle egyébként is távol állt az ilyesmi. Mióta Rebecca nála járt, és főképpen, miután ő is átment hozzá két hétre, a Fakulás csak egészen ritkán jött el újra. Ezt betudta természetes érzelmi ingadozásnak egy olyan lánytól, aki valószínűleg épp a nemi identitását kutatja valahol, nagyjából egy fél földrésszel és egy kisebb tengerrel arrébb.

Végül Jónás hozott az életébe igazi stabilitást és szilárdságot. A szó legteljesebb értelmében. Diploma után munka, munka mellett szórakozás, szórakozás közben pasizás, és végül Jónás, aki mellett meg kellett állnia. Muszáj volt megállnia. Már a kapcsolatuk első hetében teljesebbnek érezte magát, mint azelőtt.

Attól tartott, hogy Jónás is csak mulandó érzelmet keltett, és mivel Becca akkor már léteztette őt valamennyire, fél évig szinte szó szerint távol tartotta magától a férfit. Találkoztak, de csak nyilvános helyeken, hetente egyszer vagy kétszer. Amikor már hónapok óta nem tudta elkapni a Fakulás pillanatait, el kellett fogadnia, hogy komoly a dolog, talán újabb lehetőséget kapott a létezésre.

Ránézett a férfira, az ajkára kényszerített egy mosolyt, és amikor Jónás észrevette, kezét a kezére tette néhány másodpercig, majd vissza a kormányra. De... ha az egész világon csak ők ketten léteztették, és Jónás még ott ült mellette a maga teljes valójában, akkor Rebeccával történhetett valami. Valami szörnyű.

✳

Két nap telt el, és szinte megőrült az aggodalomtól. Nem tudta teljesen elrejteni az érzéseit, ezért megemlítette Jónásnak, hogy rossz előérzet fogta el. A fiú megértően viselkedett, mint általában.

Folyton a telefont figyelte, hátha megcsörren. Hátha Becca felhívja, és elmondja, hogy milyen jól érezte magát nemrég, amikor elutazott Los Angelesbe. Hetente-kéthetente beszéltek, és megosztottak egymással mindent, ami történt velük. Ideális, tökéletes barátság volt ez, annyira mély, hogy az egész világon egyedül Rebecca tudott a Fakulásáról.

Azután, amikor a lány szülei felhívták, teljesen összeomlott. Becca meghalt, elütötte egy részeg sofőr, és az fájt a legjobban, hogy ő már két napja tudta. Az bántotta a leginkább, hogy a hír egyáltalán nem érte meglepetésként. Csak a bizonytalanság miatt nem engedte meg magának, hogy korábban előtörjenek a könnyei.

Ám a bizonyossággal együtt ez is eljött, és Jónás így talált rá otthon, a falra szerelt telefon lelógó kagylója mellett a padlón ülve, kisírt szemmel. Mire a fiú hazaért, már nem maradt egy csepp könnye sem, és csak arra tudott gondolni, hogy elmond neki mindent. Mindent saját magáról, bármilyen hihetetlen is, mindent arról, hogy mennyire fontos számára Jónás jelenléte és szeretete. Hogy létezni akar, és ehhez Jónás is kell.

※

Jónás kihúzta a régi, poros fadobozt az alsó polcról, és belenézett. Jó ideje nem jutott eszébe, hogy ezt ott tartotta, de hirtelen bevillant, miért dugta el ennyire. A doboz a házassága előtti idők emlékeit tartalmazta.

Ennél jobban már csak a gyerekkori emlékeket dugta el, de azokat tavaly megtalálta, és kidobta. Volt benne néhány bomlásra hajlamos tárgy, amelyek idővel be is hódoltak e hajlamuknak. Néhány dolgot szívesen megtartott volna, de inkább a dobozzal együtt elégette az egészet.

Ezt a dobozt nem kellett elégetnie. Főként fényképek és néhány régi levél rejlett benne. Kirándulások és barátságok, szerelmek emlékeit. Gimnazista osztályfényképeket, néhány fotót Szlovéniából és a kassai templom vízköpőiről. Mások hegyvidéki tájakat mutattak, valahol a Tisza forrásvidékén készültek. Mindezek között ott rejtőzködött három kép, amelyen csak ő szerepelt, a háttérben a Balatonnal.

Tűnődve nézte ezeket, nehezen kapcsolt hozzájuk emlékeket. Mintha nem egyedül járt volna ott, hanem valakivel, akit azóta teljesen elfelejtett. Egy haverral talán, akivel időközben megszakadt a kapcsolat. Nem, soha nem utazott a haverjaival, még két közelebbi barátjával is csak ritkán, pedig velük még mindig tartotta a kapcsolatot.

Az egyik barátnője lehetett. De akkor miért nem szerepel a képeken? A többiekről talált fotót a dobozban, csak arról nem, akivel a Balatonnál járt. Pedig egyre biztosabban emlékezett rá, hogy volt ott vele valaki. Visszapakolta az emlékképeket a dobozba, letörölgette a fedélről és a polcról a port, majd mindent visszatett a helyére, közben végig ezen tűnődött.

Még másnap sem értette, hogyan lehet ennyire elfelejteni valakit.

MÉLYVIZEK

VIRTUÁLIS VALÓTLANSÁG

Peter Shepherd

Tomi minden szkepticizmusa ellenére meghozta a várva várt csomagját egy motoros futár. A termetes dobozzal rögtön el is tűnt az apró bérlakás egyetlen szobájában. A csomagoláson egy fekete háttérből előtűnő ezüst embléma díszelgett, egy rövidke szöveggel: Csodaország—jobb, mint a valóság.

A dobozban volt egy furcsa sisak, meg egy kezeslábasszerű, vékony, fémpántokkal ellátott ruha. A mellékelt leírás rövid volt, és lényegében csak arról szólt, hogy a felhasználó öltözzön be, csatolja be a pántokat, majd vegye fel a sisakot. Ezután már csak kényelmes testhelyzetet kellett találnia, hogy beaktiválja és átlépjen a virtuális valóságba.

Hihetetlen, hogy csak alig pár hete ismerkedett meg azzal a csodálatos lánnyal, akinek ezt a lehetőséget köszönhette. Miközben a világ szinte teljesen bezárkózott az egyre eszkalálódó délafrikai trivac-láz okozta járvány-helyzet miatt, amihez képest a covid már csak egy múló emlékű gyenge megfázásnak tűnt. Habár Tominak, a 21 éves, kissé magának való, zárkózott, egyetemista, gamer srácnak valószínűleg fel sem tűntek volna a lezárások, ha nem ez folyt volna a csapból is. Számára a karantén helyzet nem jelentett túl sokat, hiszen eddig is online élte életét. Ott vásárolt, ismerkedett, szórakozott, sőt a tanulmányait is a neten keresztül végezte. Nem is vonzotta különöseb-ben az ajtaján túli, rideg és gyűlölködő való világ. Aztán egyszer csak megjelent Alice, és egy csapásra minden megváltozott. Bár csak egy arc volt a monitoron, és szí-nes üzenetek a chatszobában, de Tomi teljesen a hatása alá került. Mikor pedig a lány elkezdett vele flörtölni, éle-tében először érezte, milyen súlyos teher a bezártság és a többi embertől való szeparáltság. Látni akarta a lányt, talál-kozni vele, megérinteni őt, hogy végre biztosan tudja, nem csak álmodja az egészet. Ekkor hozta szóba Alice, hogy a nagybátyja révén hozzájutott egy olyan, még tesztfázisban lévő, hihetetlenül fejlett VR-eszközhöz, ami teljesen valós élményt nyújt. Tomit pedig nem kellett sokáig győzködni, azonnal belement a virtuális randevúba.

Beöltözött, majd kapkodva belépett a privát chat-szobájukba.

tom@s23: — Hali, Alice! Készen állok. Itt vagy?

alice@wland: — Hali! Persze. Várlak odabent.

tom@s23: — Tuti, hogy biztonságos ez a cucc?

alice@wland: — Talán nem bízol bennem?

tom@s23: — De. Teljesen. Indulok.

Tomi csak egy pillanatig hezitált, majd megnyomta a bekapcsoló gombot. A fém pántokból kis hegyes tűk fúródtak a bőrébe, amitől egész teste viszketni, bizseregni kezdett. Hátradőlt az ágyában, majd néhány pillanatig erős fájdalom rántotta görcsbe a teljes testét, mintha csak áramütés futott volna végig az ideghálózatán. Vakító fehér fény töltötte be az elméjét is, majd hirtelen minden kellemetlenség egy csapásra megszűnt. Amikor kinyitotta a szemét, még mindig feküdt, de a sisak és a kényelmetlen ruha eltűnt. Ahogy felült és körülnézett, meglepetten tapasztalta, hogy már nem a saját szobájában van. A mozgást is kissé furcsának érezte, mintha valaki más testében ébredt volna, de néhány perc után ez is eltompult. Mikor végre feltápászkodott, a semmiből megszólalt egy hang.

— Üdvözöljük a próbaverzió tesztelői között! A nevem Bunny, és én leszek a kalauza Csodaországban. Kérdés esetén csak szólítania kell. A világ teljes egészében végtelenítésre került, de egyelőre csak az adott város határán belül mozoghat. Ahogy a valóságban, úgy itt is érvényesek az alapvető fizikai törvények, és bár a környezet vetített, a többi felhasználó játékélménye miatt kérjük, mellőzze a rongálást és az erőszakos megnyilvánulás bármilyen formáját. Köszönjük! Jó szórakozást!

— Basszus! Ez komoly? — tört ki belőle a döbbenet.

—Beszarás, milyen élethű.

Ám ahogy a gépi hang elhallgatott, a falon szinte azonnal megjelent Alice arca, mintha csak oda vetítették volna.

—Végre itt vagy. Hát nem szuper?

—Elképesztő! Most tényleg egy programozott valóságban vagyunk?

—A technikai részéről gőzöm sincs, de amúgy ja. Na, meddig várjak még, nem jössz ki?

—Te jó ég!—buktak ki Tomiból a szavak, mikor kilépett az ajtón a vakító napsütésben úszó térre, és ott meglátta a fekete hajú, gyönyörű lányt.—Tényleg te vagy az?

—Miért, kire számítottál?—kérdezett vissza pimasz mosollyal az arcán.

Tomi egyszerűen nem tudta feldolgozni, hogyan lehet itt minden ennyire élethű. Nem csak a látvány, hiszen érezte a nap melegét is a bőrén, a szél borzongatását a tarkóján, és a lány édes illatát, amely oly bódító volt, hogy azt képtelenség lett volna programba foglalni. Alice pontosan úgy festett, mint azokon a képeken, amiket megosztott a fiúval. Gyönyörű, 20 év körüli lány volt, hosszú fekete hajjal, amelyben két élénklila csík futott végig. Testhez simuló ruhája sokat engedett láttatni formásan karcsú alakjából, mintha csak ezzel akarná lenyűgözni Tomit, aki álmodni sem tudott volna tökéletesebb lányt magának.

—Istenem, de gyönyörű vagy!—szaladt ki Tomi száján a bók, mire a lány csak egy ártatlan mosollyal válaszolt.—Egyszerűen felfoghatatlan. Ez a hely... ez az egész nagyon durva. Ha ezt végül kiadják, milliárdokat fognak vele kaszálni. De miért Csodaországnak nevezték el?

— Ha jól tudom, a program fő tervezője rajongott Lewis Carroll meseregényéért, sőt, úgy tudom, részben az ötletet is abból merítette. Tudod, hogy a hétköznapi gondok elől megszökhessenek az emberek egy másik világba.

— Értem. De ugye azért itt nincs Szív Királynő meg fejlecsapkodás?

— Ugyan, dehogy. Hacsak nem akarsz te lenni a Bolond Kalapos? — nevetett a lány.

— Jó poén. Tényleg, amúgy kijutni hogyan lehet innen? Nem volt benne a leírásban.

— Miért akarnál máris kilépni? — suhant át egy fagyos merevség a lány arcának vonásain.

— Na, nem most rögtön, de valamikor azért csak ki kell majd lépnünk...

— Igen, persze. Nagyon egyszerű, ugyanúgy, ahogy bejöttél. Ide kell visszajönnöd, bemenni a szobába, feltenni a sisakot és kilépni.

— Értem. Jó pofa ötlet — mosolygott bárgyú ártatlansággal a fiú. — Akkor mi a terv?

— Arra gondoltam, elmehetnénk egy koncertre, ha van kedved.

— Koncertre? Naná! De hogyan fogunk itt közlekedni? Buszra szállunk, vagy mi?

— Dehogy, te kis butus — kacsintott a lány. — Bunny!

— Igen! — szólalt meg a gépi hang ismét.

—Helyszínt váltanánk. Koncertterem, belváros.

—Rendben—válaszolta kedves érdektelenséggel a női hang. Hirtelen elmosódott a tér kettejük körül, mintha pixelenként változna át a környezet, majd egy jegypénztár előtt találták magukat.

Egy digitális táblán különféle előadók megannyi koncertjének hosszú listájából lehetett választani. Alice legörgette a listát és rábökött egyre, majd kézen fogta a srácot, és maga után vonta. Bent már az előzenekar utolsó száma ért véget, miközben a zsúfolt tömeg jókedvűen dobálta magát az ütemes akkordokra. A két fiatal is befurakodott a vetített közönség soraiba. Nem beszélgettek, mert a zaj már felemésztette a hangjukat, ám míg az első strófák felbolygatták a tombolni vágyó közönség sorait, addig a lány karja gyöngéden körbe fonta Tomi nyakát, és megcsókolta őt.

Másfél órával később már egymás kezét szorongatva sétáltak az utcán. Tomi fülében még ott lüktetett a koncert, száján pedig a lány ajkainak íze.

—Még soha nem élveztem így koncertet—szólalt meg végül.

—Zúzós volt. Nem igaz?—helyeselt a lány.

—Nem erre gondoltam...

—Én sem—lökte oldalba kuncogva a lány.

—Haha... De gondolom, lassan ideje lesz kilépnünk—hebegte teljesen ártatlan arckifejezéssel, de Alice nem úgy reagált a felvetésre, ahogy várta. Karba fonta kezeit, mint egy durcás kisgyerek, és igencsak dühösnek tűnt.

—Miért akarsz ilyen hamar szabadulni tőlem?

—Hogy mi? Dehogy is. Én csak gondoltam... Biztosan elfáradtál. Én is megéheztem.

—De én még veled szeretnék lenni. Maradjunk! Kérlek! Amúgy is van még egy hely, amit muszáj megmutatnom.

—Rendben, persze—válaszolta szinte örömmámorban a szerelmes srác, megfeledkezve gyomrának korgásáról.

—Ez biztosan tetszeni fog! Bunny! Helyváltoztatás: játékterem—és ahogy kimondta, már át is kerültek egy szinte végtelen árkádterembe.

—Azt a rohadt! Na, ezt nevezem én gamer-paradicsomnak.

—Szerintem várj még az ámuldozással!—kacsintott rá, és kézen fogva maga után vonta.

Ahogy elhaladtak a temérdek játékgép mellett, Tomi nem győzte ide-oda kapkodni a tekintetét. Már nagyon bánta, hogy nem reggelizett rendesen, mert egyre jobban mardosta az éhség. Viszont mikor végül odaértek az ajtóhoz, amelyen az FPS rövidítés szerepelt, minden kellemetlen érzéséről megfeledkezett.

—Mesélted, hogy ez az egyik örök kedvenced, de belülről még tuti nem játszottál vele—érintette meg az egyik jelet a falon Alice.

—Atya ég! Ez a hely egészen elképesztő!

Vagy egy órán át megállás nélkül terroristákat mészárolt, miközben a lány a háttérből biztatta. Persze jóval fárasztóbb volt így játszani, mint csak nyomkodni a gombokat, de sokkal izgalmasabb is. Végül aztán mégis félbe hagyta a játékot. Hiszen ha itt van vele egy gyönyörű lány, miért pazarolná a drága időt lövöldözésre. Mikor kilépett, Alice értetlenül bámult rá.

—Talán valami baj van? Nem tetszik?

—Dehogy, szuper volt. Csak mára elég. Inkább veled tölteném az időt, végül is játszani bármikor tudok—mondta filmekből vett romantikus hanghordozással, és a hatás nem is maradt el. A lány arca szinte felragyogott, miközben a nyakába ugrott.

—Akkor menjünk—súgta a lány sokatmondó csillogással a szemében.

—Mond csak, te nem vagy éhes? Lehet, hogy csak a játéktól, de nekem majd kilyukad a gyomrom. Mi lenne, ha kilépnénk egy fél órára kajálni, és utána folytatnánk a randit?

—Most nem hagyhatsz itt!—csattant fel erélyesen a lány, de csak egy röpke pillanatig tartott a dühe, aztán egyből hangnemet váltott.—Semmi szükség kilépni. Majd meglátod. Az éhség ugyanúgy csak a fejedben létezik. Itt is lehet enni, méghozzá bármit, amit csak megkívánsz. Mi lenne, ha kivennénk egy hotelszobát, és rendelnénk valamit az ágyba?

Tomi ugyan veszettül éhes volt, de melyik férfi tudott volna nemet mondani egy ilyen ajánlatra? Így aztán korgó gyomorral és bárgyú vigyorral arcán bólintott. Alice pedig rögtön kézen fogta, és egy röpke pillanattal később már egy elegáns szálloda folyosóján lépkedtek. Tomi boldog volt, minden testi fájdalma ellenére. Ám mikor kiléptek volna a liftből, valaki hirtelen megragadta Tomi karját, visszarántva a srácot a liftbe, és elszakítva őt Alice-től, akinek már nem maradt ideje kedvese után vetni magát. A liftajtó összezárult, és egy könnyed rándulással megindult lefelé. Tomi a döbbenetből feleszmélve végre ráemelte tekintetét elrablójára. Legnagyobb döbbenetére egy kissé csapzott, sápatag bőrű, vörös hajú, szeplős arcú lány volt az.

—Te meg mégis mit akarsz tőlem?—mordult rá idegesen Tomi, nem csak a fura helyzet, de az éhség okozta frusztráció miatt is.

—Figyelj rám, hülyegyerek! Nincs időnk, legalábbis neked biztosan nincs. Gondolom, a kis virtuál-ribi már teljesen az ujja köré csavart, de hátha maradt még egy csepp józanság benned.

—Miről beszélsz?

—Épp próbállak megmenteni, te szerencsétlen. Mond, mióta vagy idebent?

—Úgy reggel kilenc körül léptem be. Miért?

—De vajon melyik nap? Most pedig nagyon figyelj! Gondolom, már baromira mardos az éhség, de próbálj koncentrálni. Az a csaj, akivel együtt lógtál, nem létezik. Fogtad? Virtuális.

—Mi a jó francról beszélsz?

—Arról, hogy ez a hely nem más, mint egy cukormázas csapda. Színes, illatos meg minden, de rohadtul nem akar többé elengedni.

—A hely nem akar elengedni?

—Ezt a helyet egy nagyon fejlett mesterséges intelligencia működteti. Valamikor, valahogyan öntudatra ébredt. Hiába próbálták lekapcsolni, kiszabadult a virtuális térbe, majd elkezdte kiépíteni a maga kis birodalmát. Olyan, akár egy magányos kisgyerek, aki nem akarja elengedni a játszótársait.

—Naná, persze. Alice meg neki dolgozik, mi?

—Fogd már fel, te idióta, Alice maga az MI! Számtalan alakban jelenhet meg. Kiismerte az embereket és a vágyaikat. Elcsábítja az olyan magányos nyomikat, mint te, hogy aztán itt tarthassa a tudatukat örökre.

—Te tiszta őrült vagy. Alice szeret engem. Mi a francért beszélek egyáltalán veled?

—Te sem vagy más, mint a többi lúzer: mind a farkatokkal gondolkodtok, és nem veszitek észre a nyilvánvalót. Mikor ki akartál lépni, hogy reagált rá? Ja, és ugyan hányszor tetted már fel magadnak a kérdést, hogy egy olyan babaarcú tündérke, mint ő, mit láthat egy hozzád hasonló srácban? Legbelül te is tudod, hogy gáz van — mondta elfojtott hangon, túlságosan is meggyőzően. Tomi igyekezett elfojtani gyomrának jajgatását, ahogy az idegen lány szavai után feltámadó kételyeit is. Tekintete elmerült az idegen lány arcvonásaiban, mintha azt fürkészte volna, neki higgyen, vagy annak a lánynak, aki az emeleten várja.

—Mond, amúgy te ki vagy, és miért próbálsz megmenteni?

—Figyelj, én is csak egy olyan balek, mint te. Engem is

idecsalt, beetetett, csak hát túl szép volt, hogy igaz legyen.

—Na ne! Te és Alice? Mármint...?

—Nem mintha közöd lenne hozzá, de nem. Nekem pasi alakban jelent meg. Azzal bukott le, hogy túltolta. Nincs olyan tökéletes srác, mint amilyennek beállította magát. Neked bezzeg elég volt egy csinos pofi meg két csöcs, és már el is dobtad az agyadat.

—Köszi a szemléletes kioktatást!

—Mindegy, a lényeg, hogy ha nagyjából hetvenkét órán át idebent tud tartani, akkor a tested közben meghal, és a tudatod itt ragad. Vagyis az, ami megmarad belőle.

—Akkor bőven van még időm, még csak pár órája vagyok bent.

—Az éhségedből ítélve sokkal régebb óta lehetsz már itt. Ez a hely összezavarja az időérzékedet. Itt semmi sem az, aminek látszik, ezt ne feledd el, amíg idebent vagy. Sürgősen ki kell jutnod innen!

—Jól van. Bazira éhes vagyok, szóval csak azt tudom, hogy most nem vagyok képes most tisztán gondolkozni. Tényleg jobb lesz, ha kilépek. A többit ráérek kibogozni később is. Khm... Bunny! Helyváltoztatás: vigyél a kilépési ponthoz, kérlek!—mondta ki a szavakat határozottan, ám ezúttal nem történt semmi. Újra megpróbálta:—Bunny! Helyváltoztatás a szobámhoz! Itt vagy?

Ebben a pillanatban megállt a lift, ám ahogy szétnyíltak az ajtók, Alice már ott várakozott összefont karokkal, és nem tűnt túl boldognak.

—Jól vagy, szerelmem?—kérdezte aggodalmasan Tomitól, majd hirtelen hangszínt váltva a lányra förmedt:—Mit keresel itt, Cheshire04? Miért próbálsz közénk állni?

—Ez nem az, amire gondolsz!—vágott közbe Tomi.—Ez a csaj totál őrült, de nyugi, egy szavát sem hittem el.

—Igazán? Akkor miért akartál az előbb kilépni és itt hagyni engem?

—Honnan tudod, hogy megpróbáltam kilépni? És... amúgy miért nem válaszolt nekem a rendszer?—tette fel a kérdést bizonytalanul, inkább csak önmagának Tomi.

—Fogd már fel, hogy ő maga a rendszer!—rázta meg az idegen lány, majd megragadta a srác karját, és maga után vonta.—Siess, direktben nem fog bántani, de most akkor is menekülnünk kell!

—Tomi, várj! Mi összetartozunk. Maradj velem, és én boldoggá teszlek oly módokon, amiket még elképzelni sem tudnál!

—Tudod, soha nem hittem volna, hogy egyszer vissza fogok utasítani egy hozzád hasonló bombacsajt, de ezt most mégis inkább kihagyom—azzal lerázta magáról a gyönyörű lány kezét, és a kijárat felé szaladt, ahogy csak erejéből tellett.

—Kérlek, bocsáss meg, hogy először nem hittem neked!—mondta zihálva az ismeretlen lánynak, már odakint az utcán.—Cheshire, igaz? Mond, hogy tudunk kijutni innen?

—Az csak a gamer nevem. Laura vagyok. Mivel mi sajnos nem tudunk csak úgy ugrálni ide-oda, járművet kell szereznünk—mondta, majd lazán kilépett a forgalomba, közvetlenül egy autó elé. A sofőr dudálva akkorát satuzott, hogy majdnem kiesett a szélvédőn, de végül mégis meg tudott állni. A lány benyúlt a fekete hátizsákjába, és egy töltött pisztolyt húzott elő, amit a döbbent pasasra fogott. Néhány perccel később már az autóban ülve száguldottak, fittyet hányva minden közlekedési szabálynak.

—Ők is emberek?—kérdezte Tomi, mikor majdnem elütöttek valakit.

—Francot, csak díszletek.

—Basszus, és honnan szereztél fegyvert?

—A játékteremből.

—De hogy hoztad ki a játékból?

—Fogd fel végre, itt nincs különbség, ez az egész világ csak egy bazi nagy vetített játék! Bár hogy mi lesz egy valódi emberrel, ha itt meghal, arról fogalmam sincs.

—Frankó, tehát mi nem árthatunk másoknak, viszont mi meghalhatunk. Jól hangzik.

—Szerencsédre a kis virtuál-csajod úgy tűnik, élve akar magának.

—Aha, persze! Szóval Cheshire?

—Jó, tudom, de először még vicces ötletnek tűnt...

—Az a vigyori macska, igaz?

—Ismered a könyvet? Ki sem néztem belőled.

—Pedig szeretek olvasni.

—Biztos nem vagy te is virtuális?—vigyorgott rá a lány, amitől némileg hasonlítani kezdett a könyvbéli macska karakteréhez.

—Dehogy. Bár mindezek után tényleg kijárna nekem a Bolond Kalapos megszólítás. Mondjuk kalapom soha nem volt.

—Ez jó! Egész vicces vagy—nevette el magát Laura.— Még a végén megkedvellek.

Az autó hirtelen fékezett, amikor odaértek a kijáratot jelentő épülethez, ám Alice már ott várta őket.

—Drágám! Hogy érzed magad?—sietett a fiú elé.

—Minden szuper. Mármint kiderült, hogy a lány, akibe beleestem, csak egy program, ami meg akar ölni, de amúgy minden csodás—motyogta savanyú képpel Tomi, miközben alig állt a lábán.

—Kérlek, bízz bennem!—mondta a lehető legártatlanabb hangon, szinte könyörgő arckifejezéssel.—Sohasem bántanálak. Én nem akarlak bántani. Meg akarlak menteni. Itt együtt lehetünk, és mindened meglesz, amire valaha vágytál. Nem kell többé félned háborúktól, járványoktól, se a haláltól. Veled leszek, és megadok neked mindent. Csak maradj velem. Csak néhány perc, és utána minden rossz érzésed eltűnik majd. Ígérem.

A fiú talán egy röpke pillanatig habozott. Amit felkínált, túlságosan is jól hangzott, de tudta, hogy itt minden csak illúzió: vetített és hamis. Laura támogatásával elindult befelé. Alice végignézte, de nem lépett közbe. Tomi leült az ágyra, sietve felvette a sisakot. Ekkor döbbent rá valamire, ami eddig valahogy fel sem tűnt neki.

—Laura... te mióta vagy idebent? Miért nem vagy éhes?

—Hát végül rájöttél, igaz? Én már nem leszek éhes többé, ahogy Laura sem leszek már, csak Cheshire. Most menj!—lökte le az ágyra, majd kirohant a szobából.

Tomi aktiválta a sisakot. Fehér fény vakította el. Amikor lassan kinyitotta a szemét, végre ismét a szobájában találta magát. Szinte lehetetlennek érezte megítélni, mi valóságos és mi nem, de a lakása a megszokott volt, és a lányt sem látta sehol. A teste legyöngült—vagy csak a gravitáció nehezedett rá most jobban –, de alig tudott felkelni az ágyról. Első útja a konyhába vezetett. Mohón csillapította szomját a csapból előtörő hideg vízzel, majd válogatás nélkül falta fel a hűtőben található összes kaját.

Megkönnyebbült, bár iszonyúan fáradtnak érezte magát. Megtörten, félálomban csoszogott vissza az ágyához, majd úgy, ahogy volt, ruhástól zuhant bele a kimerültség ölelő karjába.

Ahogy a légzése lassan egyenletessé vált, a szobája sarkában megjelent egy árny—mintha maga a sötétség sűrűsödött volna össze, hogy végül testet öltsön. Laura volt az, vagy másik nevén Cheshire04. Úgy festett, akár egy szellem. Ártatlan, széles mosollyal nézte a szendergő fiút, majd közelebb lépve gyöngéden ráterített egy vékony takarót. Ám ahogy a teste előremozdult, alakja egy pillanatra megremegett, és aki végül felegyenesedett, az már nem volt más, mint a gyönyörű Alice.

— Aludj, kedvesem, én Bolond Kalaposom! Ne félj semmitől, mostantól én vigyázok rád! — suttogta kedvesen, miközben alakja elhalványult, majd szép lassan köddé vált.

ELLENÁLLÁS ÉS ÁTALAKULÁS

ANGYAL

Habony Gábor

Hogy is hívnak? Bobby? Hozzak egy sört? Nem iszol alkoholt? Akkor igyál valami mást. Csak tartson ki, amíg mesélek valamit! Ne aggódj, nem lesz nagyon hosszú.

Láttál már angyalt? Nem? Hát, te egy szent vagy, kisöreg! Tényleg soha nem akartál elemelni egyetlen rohadt csokit sem a boltból? Tényleg? Máshogy? Semmi ragyogás meg dörgedező hang? Már elmúltál tizennyolc, szóval majd meglátod.

Mindegy. Biztos tanultad a suliban. Hirtelen ragyogás a semmiből, lángoló emberalak nagy, fehér szárnyakkal, mennydörgő robajként lecsapó hang: NE TEDD! Néha az embernek fogalma sincs, hogy mit akarnak tőle. Előbb érzik meg a szándékot, minthogy gondolnál bármire is.

Na, szóval '67-ben vagy '68-ban történt... Mindegy, szóval kábé öt évvel ezelőtt egy este békésen párbajoztam a józanság ellen egy komolyabb pohár whisky társaságában, amikor felhívott az anyós valami baromsággal. Az a nő egy élő bullshit-generátor, de majd te is rájössz, ha még sokáig jártok Kellyvel. Mert jártok, nem?

Olyan kár volt elcseszni azt a szép estét! Hidd el, hogy nem gondoltam komolyan, igazából nem is gondoltam rá, de úgy tűnik, tényleg meg akartam ölni a vén szipirtyót, mert az angyaloknál kivertem a biztosítékot. Jött a fény meg a hang, lángoló alak hatalmas kardot lóbálva dörgi nekem, hogy NE TEDD! Én meg azt sem tudom, hol vagyok, úgy megijedek, majd' besza-behu, szóval kellett néhány perc, mire magamhoz tértem.

Csak percekkel később jöttem rá, hogy mi nem smakkolt. Ott visszhangzott a fejemben. Láttam az angyalt, meg mögötte szellemképesen egy rémült lány elkerekedett szemét. A nagy mennydörgő hangba villámként vágott bele egy-egy elsikoltott szó. A nevemet hallottam, meg hogy segítsek.

Na, mármost, ismersz közel egy éve, és hát gondolhatod, hogy nem vagyok egy királyfi fehér lovon. Jól van, mondhatod, hogy nem sok, de szerintem harmincöt évesen is elég öreg voltam már az ilyesmihez. Már akkor is őskövületnek éreztem magam. Nekem a te korodban még nem lehetett mp9-es hololejátszóm, mert fel sem találták.

Szóval azon tűnődtem, hogy hol jövök én ahhoz, hogy bárkit megmentsek? Főleg úgy, hogy betörök egy börtönbe, és kihozok egy prekit.

Mi van? Nem tudod, mi az a preki? Tényleg nem hallottad még? Lehet, hogy nem ártana olvasgatnod néha. Tudod, az irodalom előrébb jár az életnél. Közel száz éve valami Clarke megjósolta a hordozható zenét, és nem sokkal később egy Dick nevű őrült leírta a prekogokról szóló lázálmait. És tudod, mindkettő létezik.

Szerintem ez akár államtitok is lehet, mert nem nagyon kommunikálják, de az angyalok valójában... hogy is fogalmazták meg hivatalosan? Egy '40-es híradóban úgy mondták, hogy prekogníciós képességeket mutató személyek. Na jó, ez biztos nem a hivatalos megfogalmazás volt, de mindegy.

Szóval az a lényeg, hogy érzékelik a szándékokat, és ha valaki rosszat akar, akkor belevetítik a fejébe az angyalt. Amióta a prekiket felhasználják a bűnmegelőzésben, klasszul el is hallgatják a kínosabb részleteket. Például azt, hogy a kisebb börtönökben nem bűnözőket, hanem prekogokat tartanak. Végül is érthető, mivel az ilyen intézményeket eleve biztonsági szempontok szerint tervezték és építették. Ott könnyebben megvédhetik őket a bűnözőktől. Legalábbis ez az elmélet. Hozok magamnak még egy sört. Te kérsz még egy olyan izét?

Borzasztó hosszú a sor a pultnál. Mindegy. Hol is tartottam?

Ja igen, prekik, meg börtön, meg hogy segítsek. ÉN segítsek. A kiscsaj beledobált a fejembe mindent, amit tudnom kellett, de azért érted, ez mégiscsak röhejes, hogy majd pont én! Jól van, nem élek szarul, de azért nincs ám pénzem arra, hogy felbéreljek egy bandát, akik majd jól betörnek, és kihozzák a prekit. Azt sem tudtam, hogy fogjak hozzá ehhez az egészhez. Sőt, nem is akartam ezt az egészet.

És tudod, pont ez volt a lényeg. A kiscsaj tudta, hogy egy pillanatra sem lesz kedvem betörni egy börtönbe. Pont azért választott ki ebből a többmilliós városból pont engem, mert pont tök alkalmatlan vagyok az egészre, és semmiképpen sem lesz szándékomban pont prekit lopni. Mert ha akartam volna, akkor azt rögtön kiszúrta volna valamelyik másik preki, azután a rendszer lecsap, tettenérés, mehetek valamelyik rekondicionálóba, ahol megjavítanak, oszt' viszlát mentőakció.

De azért csak nem hagyott nyugodni a dolog, szóval akármennyire nem akartam, mégiscsak az járt a fejemben, hogy kiket kellene összeszednem magam mellé. Egyedül nem ment volna. Még jó, hogy legalább C-nek nem kellett mondanom semmit, mert akkor még nem költöztünk össze.

Fogalmam sincs, mi kell egy börtön feltöréséhez, de kicsit utánaolvastam, és úgy gondoltam, hogy kell valaki a zárakhoz, az őrökhöz, meg a belső hálózathoz. Persze kiderült, hogy van más út is, de arról majd később. Az utolsó volt a legegyszerűbb, mert van egy rakás billentyűbűvész ismerősöm, szóval simán kerítettem egy srácot, akinek esze ágában sem volt foglalkozni a dologgal.

Timre mindig számíthattam, már a középsuliban sem

habozott lehülyézni, ha támadt egy-egy ötletem. Most is kábé a mínusz egyedik percben közölte, hogy nem érdekli, bármit is akarok, és miután mégis meghallgatott, azonnal közölte, hogy hülye vagyok, felejtsem el az egészet. Régebben a Fort Lumen magánbörtön volt, és még mindig egy cég kezében van, profi a biztonsági rendszere, és hiányoznak az állami rendszerekre jellemző rések.

Hosszas rábeszélés után agyalni kezdett, és elmondta, hogyan lehetne mégis bejutni a zárt hálózatba. A sok technikai blablát félretéve annyit sikerült megértenem belőle, hogy a vezeték nélküli kapcsolat hatótávja miatt közelebb kellene menni a szerverházhoz. A maglev ott megy a közelben, de amióta a közváll idomított szürkemókusokat használ a félautomata gépek kezelésére, azóta nem lehet lefizetni vagy megfenyegetni a sofőrt, hogy csináljon egy menetrenden kívüli megállót a börtön felett.

Maradt a csatorna, aminek nincs átjárható kapcsolata a Fort Lumenhez, de nekünk elég volt csak közelebb kerülni a szerverházhoz. Egyébként Tim ötlete volt, hogy ha már öngyilkos akcióra készülök, akkor csináljam stílusosan, és menjek be a főbejáraton.

Ehhez meg nagy, fekete autó és egy testőr kellett, akit egy másik régi barátom játszott el. Zack rendőrnek ment, és amikor megkerestem, idegesen elhajtott a fenébe, mert mit képzelek, hogy egy rendőrrel akarok betörni egy börtönbe? Azután a dolog csak nem hagyta nyugodni, mert hát mégiscsak arról volt szó, hogy egy tizenéves kislányt tartottak fogva, és kényszerítettek munkára.

Szóval két nap múlva felhívott, és ha azt mondom, hogy szarul nézett ki, akkor még enyhe kifejezést használtam. Ne tudd meg, mit tesz az emberrel, ha óránként lát egy angyalt! Zack napokig küzdött, hogy ne akarjon segíteni, ami elég kemény lehetett, mert az igazságérzetét kellett volna elfojtania. Azt, ami miatt rendőr lett, és ami egész életében vezérelte. Azután rájött, hogy egyszerűen mást kell akarnia, és kész.

Időközben én és Tim is annyira belementünk a dologba, hogy zaklatni kezdtek az angyalok. Szerencsére még nem csináltunk semmit, csak beszélgettünk, úgyhogy nem küldhették ránk a rendőrséget, nem tudtak volna tetten érni. Állítólag az angyalok nem képesek értelmezni a szándékokat, csak megérzik őket, meg hogy jó vagy rossz dologra irányulnak. Szinte csak az utolsó fél órában lehet kitalálni, hogy ki mit akar csinálni. Ezt nem tudom jobban elmagyarázni, de mindegy is.

Szóval Zack megoldása mindhármunknak segített. Nagyon egyszerű a dolog; segíteni akartunk annak a kislánynak. Nem akartunk betörni egy börtönbe, nem akartuk meghekkelni a rendszert és átverni az őröket vagy elrabolni valakit. Ehelyett minden erőnkkel azon voltunk, hogy segítsünk egy kétségbeesetten segítségért sikoltozó, tizenhárom éves lánynak.

Meló mellett hetekig tartott, mire mindent megbeszéltünk, hatszor újra átbeszéltünk, és beszereztünk minden szükséges eszközt. Tim egy vacak, eldobható laptoppal szerelkezett fel, meg egy zavaróval, ami leárnyékolta az ID-csipet az alkarjában. Zack elmondta, hogy a rendőrségi rendszerek lefedik az egész várost, és öt percen belül semlegesítik a zavarót, szóval Timnek ennyi ideje volt feltörni a belső hálózatot, azután feltölteni a gondosan előkészített hamis személyazonosságunkat és a lányra szóló átszállítási kérelmet. Tényleg nem kérsz egy sört? Én hozok magamnak még egyet.

Na, szóval az egyik szombat délelőtt Tim lemászott a csatornába, bekapcsolta a zavarót, és feltörte a rendszert. Minden másodpercet kihasznált; négy és fél perc múlva hívott, hogy indulhatunk. Ezek voltak az eddigi életem leghosszabb percei. Azokkal együtt, amíg odamentünk a bejárathoz, ellenőrizték a hamis személyazonosságunkat, és még fél órát várakoztattak, mielőtt kihozták a lányt vaksisakban és bilincsben, mint valami bűnözőt.

Zack majdnem lövöldözni kezdett. Láttam rajta, hogy alig bírja visszafogni magát. Én meg, hát őszintén szólva fogalmam sincs, hogy tudtam még járni egyáltalán. Szédültem a félelemtől, az izmaim meg mintha lekvárrá változtak volna. Büdösre izzadtam a kölcsönzőből hozott öltönyt, de ezt már csak utólag vettem észre. Mindegy, így is jobb volt, mintha összevéreztem volna, nem?

A sisakkal meg a bilinccsel sokat kínlódtunk, de végül Tim annak is feltörte a programzárját, így sikerült kiszabadítani a lányt. Azóta...

Nem, nem keresték. Volt elég bajuk, miután Zack még aznap rájuk szabadított három különböző hivatalt. A Lumenre meg az összes többi ilyen „bentlakásos intézményre". Legfeljebb a létesítmények felében foglalkoztattak jogtiszta, szerződéses munkaerőt, szóval ideje volt rájuk húzni a vizes lepedőt. Fene tudja, mennyit ért a dolog, mindenesetre Kellyről leszálltak.

Most meg mit nézel olyan meglepetten? Igen, a húgomról van szó. A fogadott húgomról, akit meg akarsz kettyinteni. Szerinted miért mondtam el mindezt?

Nem érted? Lehet, hogy kissé körülményesen, de a tudomásodra akartam hozni, hogy nem cseszhetsz ki Kellyvel. Elég nagy már, mindjárt tizenkilenc lesz, meg te is annyi vagy, szóval csináljatok, amit akartok, de jól jegyezd meg, hogy ha akarsz tőle vagy vele valamit, akkor azt ő előbb fogja tudni, minthogy te egyáltalán gondolnál rá! Ha jót akarsz neki, azt is tudni fogja. És ha rosszat akarsz neki, azt is. Sőt, azt Zack bácsi is hamar megtudja. Megjegyzem, az ügy nagyot lendített a karrierjén, úgyhogy már ezredesi rangban van a rendőrségnél.

Tényleg nem kérsz egy sört?

PERFECTUSOK

Pedro Rey

Fornix, amygdala, elülső cinguláris agykéreg. Az agy csodálatos hármasa. Többek között és főként ezek a területek felelősek az érzelemért, a motivációért, a boldogságért, a reményért, az optimizmusért, és az ezekre való emlékezésért is.

Amikor ezen területek, vagy e területek valamelyike sérül, az úgynevezett ősi világban úgy tartották, az emberek elveszítik a lelküket.

Valamikor, a távoli jövőben...

A Rexon-övezetben hatalmas vihar kezdett gomolyogni az égbolton. Abban a térségben csak elvétve volt látható ilyen természetes légköri látványosság, de aznap este az üvegkupolák résein keresztül is beszivárgott ez az idegen, megállíthatatlan tombolás. Dr. Larry Covert a lakóblokkjának ablakánál állt, figyelte a horizonton táncoló villámokat, hunyorogva keresve a számára oly fontos, gyönyörű, nyugalmas égbolt képét, s közben ujjaival öntudatlanul vad táncot járt halántékán, homlokán és fejtetőjén. Mintha csak ujjbegyei maguktól keresnék a nyomtalan sebhelyeket.

De legalábbis azokat a helyeket, ahol fornixának, amygdalájának és elülső cinguláris agykérgének meghatározott pontjait a fejlett robottechnika segítségével még a születése utáni második napon az orvosok lézerrel kisütötték. Mint ahogy mindenki másnak is a Rexon-övezetben. Bevett eljárás volt ez, hogy megakadályozzák az új nemzedékekben a remény, a vágy, az érzelem kialakulását.

Az Emberi Egységesítés Kódexe egyértelműen fogalmazott. Kimondta: a vágy gyökere minden káosznak! A remény a rend szétesésének első repedése! Az érzelem a pusztulás első korhadt léce!

De Larry érzett valamit. Valami furcsát, megmagyarázhatatlant, valami mást.

Se szavai, se kódjai nem voltak rá. Nem tudta beilleszteni semmilyen hivatalos, az előírásoknak megfelelő mintába. Nem volt olyan ismert adatmező, amelyben elhelyezhette, és nem volt olyan űrlap, ahol kipipálhatta volna.

Csak egy nevesíthetetlen, már-már érzésként kategorizálható valami fogta el időnként, ami általában csak akkor múlt el, amikor az égbolt gyönyörűségét csodálta.

A PP, vagyis a pszichológiai protokoll sémája alapján

ez nem volt más, mint egyszerű neurális szinkronici-
tás-hiba. Komolyabb jelentőséget nem kellett tulajdonítani
a dolognak. Ő mégis érezte, tudta, hogy valami más, valami
különleges, valami egyedi zajlik a bensőjében.

—Talán valamit elrontottak a beavatkozásnál? Esetleg
egy orvos hibázott azon a bizonyos második napon, har-
minc évvel ezelőtt?—morfondírozott, a csendbe suttogva
gondolatait.

Munkahelyén, az Északi Egységesítő Klinikán, Larry
neurális minták tömegével dolgozott. Hosszú évek óta cse-
csemőkori gondolati kivonatokat, tömörített tudatjeleket
és az ezt követő, későbbi, vágy nélküli életek sablonmintáit
vizsgálta. Könnyedén észrevette a problémás kilengéseket.
Nem ritkán olyan egészen apró, még a szakavatott szem
számára is alig észrevehető, patológiás eltérések is feltűn-
tek a számára, amelyeken mások átsiklottak.

Ezeket a minimális torzulásokat, amiket ő nem tudott
jobb szóval illetni, mint „sóvár", soha nem jelentette, de
még csak jegyzőkönyvezni sem jegyzőkönyvezte. Csak
nézte, figyelte azokat. Hosszú percekig, gyakran előfor-
dult, hogy akár órákig is.

Aztán kivétel nélkül mindet elmentette magának.
Illegálisan!

Egy titkos, csak általa ismert és megnyitható, szemé-
lyes kvantumtérben gyűltek ezek az információk, ezek
az emberi hibák. Larry aztán rendszeresen, újra és újra

megnyitotta a fájlokat, külső szimulációt indítva elemezte az információkat, miközben egyre inkább erősödött benne az a feltevés, hogy a mentett adatok nem hibák. Épp ellenkezőleg.

Egy este, mikor a Rexon-övezet minden lakóblokkjában kezdetét vette már az alvási ciklus, Larry úgy döntött, a szabályokat megszegve nem csatlakozik, az összegyűjtött adatokat pedig az eddiginél sokkal közelebbről veszi szemügyre. Biometrikus hullámait fedésbe hozta, és generált alvási ciklusjeleket küldött a központi rendszernek. Eközben életében először egy belső kvantumtér-szimulációt indított el.

Hirtelen és váratlanul kinyílt számára a világ. Minden megváltozott, ott bent minden más volt. Csodás, kék ég tündökölt a feje fölött, ragyogó, vakító napfény égette a bőrét. A térben lévő emberek boldogok voltak, nevettek, öleltek, szerettek. Minden érzés szabadon szállt, szinte kézzelfoghatóan, színesen kavarogva.

Ahogy Larry napról napra újabb kilengésekkel gazdagította, finomította a kvantumteret, és közben újra és újra visszatért a belső szimulációba, az egyre valóságosabbá vált. A tárgyak, a növények, az állatok, az emberek.

És aztán feltűnt ő is!

Egy fiatal lány, akinek a kilengését nem Larry mentette oda. Ő a kvantumtér egy eldugott, védett sarkában bukkant fel először. Hosszú barna haja a vállát simogatta, barna szemei úgy csillogtak, mint a legdrágább ékkövek. Mosolya olyan csodás volt, hogy Larry egész testében megremegett, amikor látta.

Ez a fiatal nő egyáltalán nem illett az ismert mintákba. Nem is létezhetett volna. De mégis ott volt! És valahányszor feltűnt, távolról is úgy nézett Larry szemeibe, mintha egy mágnes tartaná fogva a tekintetét.

Larry idővel, óvatosan egyre közelebb merészkedett hozzá, majd meg is szólította. Lassanként beszédbe elegyedett az ismeretlennel, s noha eleinte csak szófoszlányokat, de később már egész mondatokat is kapott válaszként. Mígnem végül egész éjszakákat beszélgettek át.

A nő volt az első, és egészen addig az egyetlen, aki tartalommal tudta megtölteni a szót, amit Larry addig csak megmagyarázhatatlan kilengésként tudott körülírni. Vágy.

A férfi már biztosan tudta. Akkor régen, két nappal a születése után, a kötelező lézeres kezelésnél hibáztak. Az ő agyának nem sikerült a megfelelő pontjait kisütni. Ő Teljes!

Az elkövetkező pár hónapban egyre több és több Teljest fedezett fel a rendszerben megbújva. Egy titkos hálózatra lelt rá. Korántsem valami lázadó csoportra bukkant, csupán egyszerű emberekre. Emberekre, akik jobb életre vágytak. Akik a maguk Teljességével próbáltak tenni a jobb jövőért.

Ők voltak a Perfectusok.

A hálózat tagjai szép lassan, csendben elkezdték újjáépíteni mindazt, amit az Emberi Egységesítés kiirtott. Az optimizmust, az álmodozást, a vágyakozást, a barátságot, a szerelmet. Páran, igen merészen a fizikai világban megjelenő és működő rendszerek építésébe is bele mertek már kezdeni, persze kockáztatva ezzel, hogy idő előtt lelepleződnek. Néhányan elektronikai alkatrészeket, berendezéseket integráltak, mások rajzokat, festményeket szerkesztettek, megint mások pedig illatokat szintetizáltak.

A Perfectusok pontosan tudták, nem rejtőzködhetnek örökké. A haladás, a fejlődés megállíthatatlan volt. És Larry ennek részese akart lenni. Részese a Teljesek létének!

Egy nap azonban döbbenten tapasztalta, hogy nem tud belépni a kvantumtérbe. A rendszer hibaüzenete fenyegetően villogott. „Tiltott belépési kísérlet. Szimulációs hozzáférés lezárva. Kérjük, várakozzon türelmesen!"

Larry elkeseredetten próbált újra és újra bejutni. Kereste a lehetséges kapcsolódási pontokat. Kereste őt, az ismeretlen lányt, és kereste a többieket is. Minden kapcsolatot elveszített velük. A másodperc töredéke alatt úrrá lett rajta a torokszorító érzés, ahogy az őt körülvevő világ újra hideggé, rideggé válik és kiüresedik. Eközben a hibaüzenet helyét egyetlen, vészes figyelmeztetés váltotta fel. „A vágy kockázat, a remény fertőzés, az érzelem betegség! A Teljesek likvidálása megkezdve!"

Larry rémülten ugrott fel. Érzékszerveit átjárta a páni félelem. Biometrikus hullámainak fedését megszüntette, és mozdulatlanná dermedve várt. Alig telt el pár másodperc,

bejárati ajtaját nyolc harci drón törte át, és teljes harcké-
szültségben néztek vele farkasszemet.

Agya azt diktálta, meneküljön. Teste mégsem mozdult.
Helyzete teljesen kilátástalan volt.

A Rexon-övezet 215-ös számú, csökkentett csíraszámú
műtőjében, mielőtt a likvidációs eljárásra sort kerítet-
tek volna, egy utolsó, megerősítő szkennelést futtattak
Larry agyi régióin. A szkenner monoton zizegése azon-
ban váratlanul félbeszakadt, és hangos sziréna riasztotta
az orvosokat és a likvidáló teamet.

Nem, Larry mégsem volt Teljes. Még csak nem is
ember volt!

Ő maga is egy kvantumtéri szimuláció volt csupán, akit
egy Teljes hozott létre. Mindaz, amit Larry átélt, megta-
pasztalt, a benne megjelenő vágyak, remények, érzések,
egy ember kísérlete volt arra, hogy a kvantumtérben újra-
teremtse önmagát.

Az ember, aki Larryt alkotta, egy rendszeren kívüli fia-
tal lány volt. Prima. A Perfectusok megalapítója.

Primát magát csak elvétve lehetett megtalálni a rend-
szerben, de soha nem lehetett előre tudni, hogy mikor
és hol fog felbukkanni. Még gyerekkorában menekítet-
ték ki a rendszerből, ismeretlen helyen, elzártan nőtt fel,
Teljesként. Primának sikerült áttörni az algoritmusokon,
és visszajutva a kvantumtérbe létrehozta a Perfectusokat,
és szimulációkkal bomlasztja a rendszert.

*

Évekkel korábban, a Rexon-övezet Északi Egységesítő Klinikáján, a 869-es szülőegységben egy egészséges újszülött kislány jött világra. Szülei nem érinthették, nem is láthatták őt. A születés védettséget és anonimitást élvezett ebben az esetben is. A DNS-szekvenciák meghatározása és rögzítése után azonnal megindították a kiégetési protokollt. Az eljárás most is a szokásos volt, két napos korában a csecsemő meghatározott agyi pontjai kisütésre kerültek.

Az eljárást a fiatal Dr. Larry Covert felügyelte. A doktor átfutotta a napi teendők listáját, míg belépett a lézerműtőbe. A csecsemő egészen nyugodtan, szinte mozdulatlanul feküdt a lámpák alatt. Larryre mosolygott, majd gyermeki ösztönével felnyúlt, és megmarkolta a mutatóujját.

Miközben Larry a másik kezével már nyúlt a kisütési folyamatot indító gomb felé, önkéntelenül lenézett a kicsi lányra, és belenézett a szemeibe. Abban a pillanatban úgy érezte, mintha beszűkült volna a világ. Egy pici szempár fogságba ejtette. Az a tekintet, amit akkor látott életében először, annyira ismerős volt, mintha csak a tükörképét nézné.

—Ez nem lehet—suttogta a levegőbe.

Valami ősi, eleve jól ismert dolgot vélt felfedezni. Mintha az a pillantás valaha az övé lett volna. Mintha emlékezne rá valahonnan. Megremegtek a lábai, hideg futott át a tarkóján.

Megpróbálta összeszedni magát, igyekezve visszanyerni

a tisztánlátását.

—Csak egy gombnyomás, Larry. A szokásos protokoll—mondogatta, önmagát nyugtatva.

Az indítógombot azonban mégsem volt képes megnyomni. A gyerek szemében ott látta azt a valamit. Azt, ami valamiért egy idegen, mégis ismerős szóval párosult az agyában. Vágy.

Larry rémülten lépett hátra az asztaltól. Egész testében remegett. A rendszer automatikája, érzékelve a késlekedést, figyelmeztető jelzést adott. „Rendszerszintű beavatkozás indítása most!"

Az asztalon fekvő csecsemő szívszaggató sírásba kezdett, mintha tiltakozna az elkerülhetetlen ellen.

És akkor a fiatal Dr. Larry Covert, minden bátorságát összeszedve úgy döntött, megszeg minden szabályt. Keze egy másik gomb felé nyúlt, és kikapcsolta az egységet.

A kislány adatai egyetlen szemvillanás alatt eltűntek a rendszerből. Áthidaló kódfrissítést futtatott, majd egy soron kívüli egységfrissítés után áthelyezte a gyerek adatait a halva születettek aktái közé.

A gyermek, a kislány, akit senki nem ismert, akiről immár senki sem tudott, érintetlen agyi funkciókkal élt tovább, és hosszú útra indult!

S most, évekkel később, a Rexon-övezet egy eldugott, rendszeren kívüli sarkában fellelhető titkos létesítményben egy fiatal lány élte mindennapjait, és lefektette elméletének alapjait. Megtervezni, létrehozni és az időben visszaküldeni Larryt, egy olyan kvantumtéri szimulációt, amely megmenti őt, s így az egész emberiséget. S bár összetett terve igen kockázatos volt, mégis esély volt rá, hogy egy nap majd a múltat átírva megváltoztassa a világot. A lány nevét senki nem ismerte, ezért csak úgy emlegették, az első. Azaz Prima.

AMIKOR ÁTLÉPNEK RAJTAD

Máté-Király Márta

Több mint egy éve tudtam, hogy megcsal a férjem. Zalánnal közel húsz éve voltunk házasok. Nem akartam harcolni a nálam éppen ennyi évvel fiatalabb Szofival, de végül rákényszerültem.

Ők ketten ugyanis el akartak tenni láb alól.

Zalánnak jól menő vállalkozása volt. Budapest egyik elegáns külvárosi részében laktunk egy hatalmas, kétszintes házban. Szofival a munkája során ismerkedett meg. Először titkolták a kapcsolatukat, ám egy szép napon Zalán bevallotta, hogy szerelmes lett a lányba. El akart válni, én azonban nem egyeztem bele. Nem azért, mintha nehezemre esett volna elengedni a férjemet, hiszen már egyébként is eltávolodtunk egymástól. Sokkal inkább a kényelmes, luxuséletvitelt sajnáltam feladni, amihez már hozzászoktam az évek során.

Szofi is épp erre vágyott. Egyik este kihallgattam a telefonbeszélgetésüket, amelyben azt taglalták, hogyan mérgezzenek meg. Ekkor igazán dühös lettem. Elhatároztam, én fogok előbb lépni. *Ha megölöm a férjem, enyém a pénz.* Sajnos kicsit kiütöttem magam az itallal. Szinte lement a nap, mire felébredtem az emeleti hálószobában. A párom nem volt mellettem. Bódult fejjel támolyogtam le a lépcsőn. Az elmúlt időszakból semmire sem emlékeztem. A nappaliból a bekapcsolt tévé hangja szűrődött ki. Valami meccs ment. Éppen gólt rúgtak, a stadionban az emberek őrjöngtek. Zalán nem szólt egy szót sem, pedig ilyenkor ő is ovációban szokott kitörni. Valószínűleg nem az ő csapata vezetett.

Óvatosan a félig nyitott ajtóhoz léptem, és belestem rajta. A látványtól azonnal felugrott a vérnyomásom. A fotelban Zalán ült, kezében cigivel, holott milliószor kértem, ne dohányozzon a házban. Az amerikai konyhás nappalink tűzhelyénél Szofi sürgött-forgott. *Mit képzel ez a nő? Hogy merészel az én konyhámban főzőcskézni?* Úgy éreztem, az agyamra vörös köd szállt. *Máglyán kellene elégetni az ilyen kis pimasz boszorkányt!* — csak ez járt a fejemben, majd mintha csak a gondolataim keltek volna életre, lángra kapott a nappali szőnyege. Zavartan álltam egy pillanatig, nem emlékeztem, hogy én gyújtottam-e fel a lakást. Aztán úrrá lett rajtam az eufóriával vegyes pánik, és kimenekültem az ajtón.

A tűzoltók hamar megérkeztek. Az otthonunkkal

szemközti füves sávon állva azt vettem észre, egyre nagyobb a tömeg körülöttem. Az emberek hüledezve latolgatták, mi történhetett. Pókerarcot akartam vágni, de nagyon nehéz volt elfojtanom az elégedett mosolyomat. Ez a vigyor azonban ráfagyott az arcomra, amikor a gomolygó füstből egyszer csak kibontakozott Zalán és Szofi alakja.

A lány egy törölközőt szorított az arcára, kétrét görnyedve igyekezett az időközben kiérkező mentők felé. Zalán azonban kihúzott háttal, rendkívül zaklatott arckifejezéssel sietett egyenesen felém.

— Mit keresel itt? Ugye nem gondoltad, hogy ezt megúszhatod? — ripakodott rám, amikor hallótávolságba került.

A látvány annyira megdöbbentett, hogy menekülni is elfelejtettem. Hebegni kezdtem, nem találtam a szavakat.

— Bosszantott, hogy a konyhámban látom — nyögtem ki végül.

Zalán szomorúan elmosolyodott.

— Drágám, az már nem a te konyhád, fél éve nem vagyunk házasok. Szofi a feleségem.

— Kizárt, nem egyeztem bele a válásba — ráztam a fejem.

Ekkor egy lépéssel közelebb lépett, és próbálta megsimítani a karom, de én elhúzódtam.

— Nem kellett a beleegyezésed, özvegy lettem — vágta ekkor az arcomba.

Ebben a pillanatban minden zaj megszűnt körülöttem. Úgy éreztem, menten elvágódom. De furcsa módon nem húzott a föld felé semmi. Nem volt súlyom. Körülnéztem.

Az emberek hátrébb léptek tőlünk. — Utat kérünk! — kiabálta valaki. Mi is a hang irányába fordítottuk a fejünket. Két alak közeledett az emberek sorfala között. Szofi volt az egyik. Vállát egy mentős ölelte át, pokróccal takarva be a törékeny testű lányt. Szofi sminkje el volt mosódva, bár én egy csepp könnyet sem láttam távozni a szeméből.

— Egyedüli örököse a hatalmas vagyonnak — súgta mellettünk egy öregasszony a másiknak úgy, hogy a többiek is pontosan értsék, mit mond.

— Mindig mondtam neki, ne dohányozzon a nappaliban — hüppögte Szofi a mentősnek és egy kicsit körülötte állóknak is — valószínűleg elaludt meccsnézés közben.

Zalán elképedve fordult felém.

— Egészen biztosan nem én gyújtottam fel a házat — magyarázkodott. — Hinned kell nekem! Nem aludtam, a meccset néztem! Többre nem emlékszem.

— Hiszek neked — mondtam ki őszintén, és már abban is biztos voltam, ki volt a gyújtogató.

Ebben a pillanatban átléptek rajtunk. Szó szerint. Zalánon az új felesége sétált át, míg rajtam az őt kísérő mentőorvos.

MESE

Louis Holed

Ez a történet egy megkeseredett királyról, egy sötét szándékú hercegről, egy titokzatos vándorról, egy bűvöletes teremtményről, egy szegény emberről és annak egyetlen fiáról szól.

I

Hol volt, hol nem volt, volt egyszer egy hatalmas királyság, Eldarah, amelynek birodalma annyira kitöltötte a térképet, hogy ha az ember a hegyek tetejére állt, a horizont is a király színeit viselte. A fővárosba vezető macskaköves utak simára koptak a békében járó lábak alatt. A piacon szelíd illatok keveredtek: kenyér, aszalt gyümölcs, kömény. A várfalakon nappal madarak ültek, éjszaka pedig őrök sétáltak, akiknek ritkán kellett kardjuk markolatára szorítaniuk.

A király—Aldebran Thalenor—tizenöt évesen került a

trónra; kétkedőket megszégyenítve bizonyította rátermett-
ségét az uralkodásra. De a birodalom határán túl létezett
egy másik királyság, Vessalor, amely szemet vetett a gazdag
földekkel rendelkező Eldarahra. Az ifjú uralkodó nem ijedt
meg, inkább ajánlatot tett ellenlábasának, hogy frigyre
lépne gyönyörű lányával, Lyanna Velmoriával. Boldog,
önfeledt évek következtek a házasság után, és már semmi
sem fenyegette őket.

A két királyság egyesült, s uralkodóik úgy szerették egy-
mást, ahogyan a nap sugarai megérintik a hajnali ködöt:
gyengéden, kitartóan, mindent körbeölelve. Egyetlen hiány
lapult azonban a tündöklő mámorban: a gyermekáldás
nem érkezett. A királyné könnyei esténként a párnába
tűntek, a király pedig keményebb munkába fojtotta szomo-
rúságát — több hidat építtetett, több gabonát raktároztatott,
hogy a jólét rétege alá temesse a várakozás keserűségét.

Teltek-múltak az évek, évtizedek, és egyszer mégis eljött
a hír, oly hirtelen, mint amikor a kemény tél után előbújik
az első hóvirág. A tavasz is felsóhajtott: a királyné méhében
élet fakadt. Hetedhét országra szóló ünnepséget hirdet-
tek; zászlók lobogtak, az öreg harangok rekedtre zúgták
magukat. Az utcákon zenészek jártak, és a városi galam-
bok is a lépések ritmusára kapkodták fel a morzsákat a
földről. A király, aki ritkán tudott igazán nevetni, most
úgy kacagott, hogy a szakállában megbúvó ősz szálak is
fiatalabbnak látszottak.

Amikor azonban eljött a szülés ideje, a palota maga is

visszatartotta lélegzetét. A szolgálók a folyosó sarkainál suttogtak, a bábák szemében óvatos komolyság villant. A hajnal vérszínű csíkokat kent az égre, és amikor felsírt a kisded, ugyanabban a pillanatban elhallgatott a királyné lélegzete. Az öröm egy szívdobbanás alatt semmisült meg, és gyásszá súlyosodott; a király a fal mellé rogyott, mintha minden ereje egyetlen pillanat alatt elhagyta volna. Kint, az udvaron, a zenészek félbehagyták a dalt, és többé nem találtak rá a dallamra.

Aldebran megkeseredett, alig foglalkozott már a birodalom dolgaival. Királyságát lassan megmérgezte a felügyelet hiánya; megszaporodtak a rablások, a gyilkosságok, és a gonoszság egyre csak erősödött Eldarah földjein. A király elveszítette feleségét, fia pedig gyenge volt, mint az a gyertyaláng, amelyet oldalról ér a huzat. Lázak jöttek és mentek. A gyermek mellkasa kapkodva emelkedett, mintha minden lélegzetért meg kellene küzdenie. Zareth a vár toronyszobájának ablakából nézte a távoli rétek ringását—ágyát csak ritkán hagyhatta el. A király minden reggel hozzá lépett, ujját a gyermek forró homlokára tette, és halkan azt suttogta: „Tarts ki, fiam."

II

Esztendők múltak, amikor egy titokzatos csuklyás vándor érkezett a birodalmi főváros kapujához. Az őrség nyitotta a rácsos kaput, az idegen léptei halkan koppantak a kövezeten. Köpenye alól viharvert bőr szaga és idegen fűszerek

illata szivárgott. A trónteremben mélyen meghajolt, és
így szólt:

—Felséges király, Morvath a nevem, és délről hozok hírt.
Ott élnek olyan lények, akiknek az érintése maga a gyógyu-
lás. Vénséges, nem emberi vér kering bennük—régebbi
minden esőnél. Ebből az ősi esszenciából hoztam egy
keveset.

A király tekintete megkeményedett.

—Nem bántok én határon túliakat—szólalt meg csen-
desen.—De idegent nem engedek a fiam közelébe. Nem
bízom abban, amit nem ismerek.

Morvath csak biccentett, mintha pontosan erre számí-
tott volna. Kezében egy apró fiola csillant; benne vörös
folyadék hullámzott a léptei ritmusára. A király elé helyezte,
majd folytatta:

—A döntés felségedé—mondta.—De a remény néha
különös alakban érkezik.

A király a varázslóját hívatta. Az öreg mágus—aki egész
életében könyvek fölé görnyedt, és azt is tudta, hogyan
hallgat a csend—a fiolát a fény felé emelte, illatát óva-
tosan megszívta, majd egy cseppjét pergamenre ejtette.
Végül megszólalt:

—Vér ez, uram. Nem emberé. Ősi, idegen. Nem tudom,
mire képes—csak azt, hogy valamire igen. Valami rosz-
szra. Ha féli az égieket, királyom, azonnal szabaduljon
meg ettől a fiolától!

A király hosszú órákon át járkált fel-alá a szobájában. A

falon függő királyné arca szelíden figyelte, emlékeztetve arra, amit a sors elvett tőle. Amikor visszatért a fiához, a gyermek lázasan ragyogó szemmel, kapkodó légzéssel feküdt — mintha már alig maradt volna ideje. A király döntött.

— Fiam — suttogta. — Eljött az idő, hogy megkísértsük a lehetetlent.

A fiola tartalmát a gyermek nyelvére csorgatta. A bíbor folyadék fémesen csillant, fanyar szaga belengte a levegőt. Egy pillanatra megfeszült a szoba csendje; még a kinti szél is visszatartotta a lélegzetét.

A csoda pedig olyan egyszerűen érkezett, mint amikor a hajnal átveszi az éj helyét. A herceg még aznap felkelt, köntösét magára húzta, és futni kezdett a vár udvarán — úgy, ahogy addig soha nem engedte neki az élet. A király térdre rogyott és sírt, nem szégyenből, hanem tiszta hálából. A szolgák összesúgtak: a csoda valóság.

III

Az évek összecsúsztak, mint a pergamen fülei. A herceg gyorsan nőtt, vállára izom és akarat rakódott. A szeme azonban egyszerre lett mélyebb és hidegebb. Egy éhség költözött belé — nem kenyérre vágyott, nem borra, hanem valami határtalanra: hatalomra, zajra, hódító dobpergésre.

Morvath gyakran állt az oldalán, tanácsokat súgott, térképeket rajzolt, és olyan neveket ejtett ki, amelyek a királyi krónikákban ritkán szerepeltek.

—A határ túl keskeny neked—mondta.—Bontsd fel.

A hadsereg megindult. A dobok a föld szívverését utánozták, a zászlók árnyékától elsötétült a fű. A herceg egyre többet nyert: városok kulcsait, erődök kapuit, kincstárak súlyát. A katonák dicsérték, mert győzelemre vitte őket, és féltek tőle, mert a győzelmek árnyékában sötét ridegség húzódott.

A király már ritkábban szólította gyermekét „fiamnak", és egyre többször „felségnek", a szó mögé rejtve mindazt, ami közös volt bennük.

A gyógyulás ára azonban lassan megmérgezte a herceg lelkét. Olyan döntéseket hozott, amelyekről azt hitte, a világ rendje kívánja őket. Amikor végül apja elé lépett, a trónteremben hideg huzat oltotta el a gyertyák egy részét.

—A világ nem vár, atyám—mondta.—A gyengeség baj, a könyörület hátráltat.

A király tekintete megremegett. Egy pillanatra felvillant benne a fiú, aki hajdan lázasan, remegve kapaszkodott a kezébe. A következő pillanatban azonban a kard megvillant, és a trónlapon vér csorgott végig. A vándor nem nézett félre, hanem felkiáltott:

—Sokáig éljen Zareth Thalenor király!

Ettől kezdve semmi sem állhatta útját. Az északi területek meghajoltak, majd kelet és nyugat is. Ahol ellenálltak, ott a föld feketére égett. A krónikások reszkető tollal próbálták követni a pusztítást; a térképek átrajzolódtak, a határok úgy húzódtak, mint friss hegek.

IV

Az új király sötét árnyéka végül a határon túli délre vetült. Szárnysegédje—Morvath, aki immár a trónbitorló legfőbb tanácsadója volt—útmutatására arra vonultak, ahol a legendák töve a földben futott: a sötét erdő szélénél állt egy kő, rajta elmosódott jelekkel azokról, akik nem emberek, de nem is szörnyek. Az embernek tudnia kellett, hogy számára a határ itt ér véget.

Ám amit Zareth sem tudott: Morvathnak volt egy története, amely jóval korábban kezdődött. Nem annyira a gyógyítás érdekében tért vissza, sokkal inkább a haragja miatt. Felszisszent, amikor emlékei a felszínre törtek.

Jó pár éve annak, hogy Morvath először erre járt. Nem lett volna szabad ide lépnie, de kíváncsisága átlépte a tiltást. Az erdő közepén kristálytiszta tó feküdt, a partján és vizében fiatalok—lányok és fiúk—játszottak; bőrükből finom fény áradt, amely a víz felszínét is megérintette. Tekintete bűnös vággyal időzött rajtuk. Közelebb lopakodott, óvatlanul felfedve önmagát. Figyelmeztették, hogy távozzon, és akkor meglátta teljes alakjukat.

Egyikük a magasba emelkedett; a vakító nap sugarai miatt csak a körvonalait látta. Szárnyak suhogása hasította szét a csendet. Morvath megrettent, kardja önkéntelen mozdulattal villant: a víz megrezdült, és sikoly futott át a levegőn. Mire elcsitult, a parton egy fiatal teremtés mozdulatlan teste feküdt. Nem tudta, miért, de ellenállhatatlan késztetést érzett, hogy a lány vérét ajkához emelje. Fölé hajolt, és vért vett—nem vöröset, nem kéket, hanem valami éteri anyagot, valami idegent.

Attól a naptól kezdve a lelke lassú rothadásnak indult; érezte, ahogy a gonoszság átjárja minden porcikáját.

V

Zareth seregei hamar bekebelezték a déli határ falvait, s a hadsereg gépezetébe besoroltak olyanokat is, akik sosem fogtak kardot. Így került a sorba egy szegény ember—Taren Dorran—, a völgy peremén élő földműves. Keze cserepes volt a munkától, egyenes ember, akinek becsületességét senki sem kérdőjelezte meg. A katonai sátorban a rozsdás kardot úgy vette kézbe, mint idegen tárgyat: mérte a súlyát, és nem tudta, milyen világ rejlik benne.

Amikor az első összecsapás zaja elérte a mező szélét, és az ellenfél árnyéka a fűre vetült, a szegény ember megtorpant. A túloldalon nem szörnyeket látott, hanem arcokat, amelyek ugyanúgy féltek. Sohasem látott még hozzájuk fogható teremtményeket. Embereknek tűntek, de mégis különböztek. Ez nem harc volt, hanem mészárlás. Taren akkor értette meg: rossz oldalon áll. Hatalmas nyílvetők szórták a halált a magasban keringő, gyönyörű lényekre. Kardot tartó ökle megfeszült; harag gyúlt benne, amikor egyikük holtan zuhant elé. A félhomályban egy fájdalomtól ittas kiáltás rázta meg. A hang irányába rohant. Egy fiatal nőt talált a földön, hátán két párhuzamos seb mélyült—kitépett szárnyak helyét őrizték.

A nő vérzett, és az idegen, a csuklyás alak — akinek moz-
dulata ismerős volt—, Morvath emelte föl kardját a végső
csapáshoz. Taren ordítva rontott rá. A kardja nehéz volt
és életlen, de a meglepetés ereje neki dolgozott. Az ütés
Morvath fejét érte; a köpeny alól sötéten buggyant elő a
vér, és a test a talajra csuklott. Csend lett.

A teremtmény szárnyai nélkül minden ízében nő volt,
mintha annak született volna. A szegény ember a karjaiba
vette. A sebesült lélegzete gyenge volt, de mégis kitartott,
mint egy utolsó remény. Magával vitte. A sötét erdő felől
esőszag áradt, mint amikor az éj tisztára mossa a földet.

Taren otthonába érve ágyat készített, vizet forralt, gyógy-
növényeket tört mozsárban. A nő lázálmában ismeretlen
szavakat mormolt; dallamokban beszélt, és a hangok las-
san képekké sűrűsödtek Taren elméjében. Látta maga előtt,
ahogy Zareth és csatlósai lemészárolják pártfogoltja csa-
ládját. Hallotta a nevét is: Elaira.

Aztán a látomás újabb képre váltott: a lány a magasba
emelkedett, és Morvath egy nyílvesszővel a földre kény-
szerítette.

Amikor a teremtés végül felnyitotta szemét, Taren csak
ennyit mondott:

—Hála az égieknek, hát élsz.

A nő ajka mosolyra húzódott.

—Te adtad vissza—felelte.—Tudod, ki vagyok? Mi vagyok?

—A hátad beszélt helyetted. Sohasem láttam hozzád fog-
hatót, ilyen szépet, aki csendjében is ragyog.

—A csendre vigyázni kell.—A nő tekintetében aggo-
dalom ült.

—Tudok hallgatni. Egész életemben gyakoroltam.

Nem kellett sok: a ház falai egyszerre lettek tágasabbak
és melegebbek. Elaira, aki a sötét erdő mélyéről jött, és
Taren, aki mindig is a föld munkálásából élt, egymás felé
hajlottak. A helyi pap áldása nélkül, de a búzakalász bólo-
gatásával egybekeltek. Elaira hamar a szíve alatt hordta a
gyermeküket, s a szegény ember a gyermeksírás gondo-
latára is puhább lett, mint a kenyér belseje, és gazdagabb,
mint bármelyik nemes a vidéken.

VI

A déli vidék az évek múltával megváltozott. A sötét erdőt
mocsarak követték, és a mocsarakba olyan lények köl-
töztek, akikről az emberek inkább csak félmondatokban
beszéltek. A világ megváltozott, a gonoszság elhatalma-
sodott Eldarah földjein.

A közeli földesúr, Morcar Kaelor—aki korábban Zareth
seregeit vezette—egyre beljebb tolta birtokait egészen a
peremig. Tekintete olyan volt, mint a rozsdás vas: aki egyszer
látta, soha többé nem bízott benne. Elaira és Taren a saját
földjükön dolgoztak, de Morcar minden termésből sarcot
szedetett; ami megmaradt, alig volt elég. Amikor Taren til-
takozott, Morcar parancsot adott. Az ütlegek nem kérdeztek.

Taren élete addig is kemény volt. Korán elveszítette
szüleit, s két kezével építette fel saját házát. Egyenes volt

és becsületes. A háború magával sodorta, ott ismerte meg Elairát, élete szerelmét, aki egy erős, gyönyörű fiúval áldotta meg. Akkor értette meg igazán, mit jelent úgy harcolni, hogy van kiért.

Az élete azon a napon tört meg a földeken, családja szeme láttára, egy kegyetlen nemes parancsára — amikor utolsó erejével is az igazságért állt ki.

Alig kamasz fiú volt, szemük fénye; apja védelmére ugrott, de a pribékek könnyed erővel sodorták félre. Félholtra verték, majd a tömlöcbe hajították.

Elairát, aki szépséges volt, mint ahogy a holdfény tündököl a vízen, a földesúr a saját ágyasává tette.

Az asszony viselte, amit viselni kellett. A fájdalom súlya alatt nem roskadt össze — minden mozdulatával a fiához közeledett. Gyógyitalokat főzött neki levelekből és gyökerekből, amelyeket a sötét rengeteg határán szedett.

Az őrök nem értették, mit mond a fiának; nyelvük egyszerűen nem ért el odáig. Csak bort kértek újra és újra, s az asszony adott — így jutott el a rácsokig.

A fiú az ősi nyelvet az anyatejjel szívta magába. A szavak puha kötelek voltak, amelyekkel anyja összekötötte vele még a rácsokon át is. Az asszony dalolt — szelíd, hullámzó dallamot, amelyben történetek úsztak: erdőről, tóról, csodáról. A hangja, mint a kövek között utat találó víz, lassan a vasrács résein is átszivárgott.

És minden szóval, minden dallammal egyetlen üzenetet küldött: „élj, fiam, amíg én élek benned".

VII

Az uralkodó birodalmi körútján meglátogatta a földesúr bir-
tokát—Elaira azonnal felismerte. Az arc, amely rémálmai
sarkában ült, most valóság lett. Akkor veszítette el család-
ját, akkor menekült a határ felé; a vándor halála és új élete
közé beékelődött az a pillanat, amikor a hatalom kacagva
taposott végig mindenen. Most a zsarnok király tekintete
rajta állapodott meg: hosszan, kívánkozón, számítóan.

Este üzenet kapott a földesúr: vezessék az asszonyt azon-
nal a királyhoz. Morcar vonakodott, de félt ellenállni; s
a félelem csúszós, hamar lejtőre viszi az embert. Elaira
tudta: itt az alkalom. Fegyvert nem vihet. Csak a testét—és
amit a teste elrejthet.

Még egyszer lement a tömlöcbe. Az őröknek a szo-
kásosnál is erősebb italt vitt, s ők gyanútlanul nevettek,
miközben átvették a flaskát.

A fiú már aludt.

Az asszony kinyitotta a zárat, és leheveredett mellé a szal-
mára. Ölébe vette fia fejét, mint régen, amikor még nem
választotta el őket vas és félelem. Egy pillanatra lehunyta
a szemét, hogy érezze gyermeke meleg leheletét az ujjain.

Énekelt neki.

A hangja tele volt búcsúval és bátorsággal; minden rez-
dülése azt súgta, ez az utolsó alkalom, amit együtt töltenek.

Elővette az üvegcsét, amelyet hónapok óta főzött gyöke-
rekből, levelekből és andalító dallamokból. Cseppenként a
fiú szájába öntötte. Két nagy könny gördült végig az arcán,

és amikor felállt, az őrök már halottak voltak: a torkukban habzott az italukba kevert méreg.

VIII

Zareth király vendégszobáját ősi, hajdan északon élő lények őrizték; ma már szolgasorsban álltak. Páncéljuk aranyozott volt, mozdulatuk gyors és kegyetlen. Sisakjuk rostélya mögül hideg tekintetük csillogott. Elaira, egy szál lenge ruhában állt előttük. Nem találtak rajta fegyvert—mert nem is volt nála. A bőrén két halvány hegvonal húzódott, a lapockák ívét követve; a sebhely emlékezett arra, amitől valaha megfosztották.

Zareth kéjvágyó szemmel mérte végig.

—A szép dolgok engem szolgálnak. És a csúfok is.

—A szép dolgok nem szolgálnak senkit, csak emlékeztetnek. A csúfok pedig félnek—hangzott a válasz.

—Én vagyok a múlt, a jelen és a jövő; az emlékezetet, amiről beszélsz, már rég rendre utasítottam!

Amikor nyálkás ujjai a bőrén siklottak, az asszony ridegen tűrte. A zsarnok tapintása megakadt a hegeken; a felismerés, mint egy éles tű, hasított belé.

—Te ...—kezdte, de a szó töredékké esett.

A következő pillanatban beleharapott az asszony belső combjába. A testéből kibuggyanó vér—nem vörös, hanem olajzöld. A herceg torka összerándult, fuldokolni kezdett. A gyilkos esszencia, amelyet az asszony a testébe rejtett, lassan szétfutott benne, mint tinta a vízben.

— Ez a rend akkor most véget ér. — Fogta marokra Elaira a zsarnok haját.

A testőrök betörtek, de későn: az uralkodó öklendezett, habzó lé ömlött ki belőle, majd a kőre zuhant. Sisteregve zöldes gőz csapott ki Zareth király testéből, ellepve a termet, majd a birtokot is. Aki belélegezte, annak életéből nem sok maradt hátra.

A páncélosok sisakjai lehulltak, arcukon a félelem végre emberinek tűnt. A szemük gejzírként lövellt ki, a métely belülről falta fel testüket. A hangzavarra megjelent Morcar, s remegve nézte, ahogy ura húsa lemállik a csontjáról.

Az asszony egyenes háttal állt. Nem ujjongott; csak nézett, és végre kifújta a levegőt, amely addig benne feszült, mint egy elfelejtett vihar. A földön heverő, reszkető földesúrra pillantott. A férfi torka megrándult, és vörös folt jelent meg ajkán — a méreg már benne is dolgozott.

IX

A tömlöcben a fiú felriadt. A vasajtó nyitva volt, az őrök holtan hevertek, a folyosón gőzölgő, elszíneződött húskupacok, a sarkokban sikolyok foszlányai. Lassan felállt; a teste még emlékezett az ütlegekre, de a szemében valami új derengett. Az udvarra érve megpillantotta anyját: meztelenül feküdt a sárban, mozdulatlanul.

Tudta, hogy így lesz — anyja énekelt erről, és szívében még most is ott izzottak a búcsúzás fájó dallamai.

Letörölte a könnyeit, és elindult a sötét erdő felé. Mielőtt belépett volna az első árnyék alá, még visszanézett: a hold fénye egy pillanatra fellobbant anyja testén, látta, ahogy a bőr felizzott, majd ezernyi apró darabra bomlott, és a levegő felkapta. Mintha kis fénybogarak vitték volna fel a lelkét a csillagok közé. A fiú megfordult, és belépett a rengetegbe.

X

Sohasem járt itt, mégis otthon volt. A fák törzseiben régi történetek futottak, a kérgek alatt apró élőlények mozdultak, amelyek mind tudták, merre kell menni. A fiú fáradt volt; egy fa tövében leült, és elaludt. A talaj indái lassan köré tekeredtek—nem fojtogatóan, hanem gondoskodva—, felemelték és beburkolták, mint a pók a zsákmányát, csak éppen a halál helyett az átváltozást őrizve.

Egy holdforduló telt el. A báb megrepedezett, és a repedésekből fény szivárgott. A fiú kilépett belőle, és a vállán fehér tollú szárnyak nyíltak a lapockái mögött—pont ott, ahol anyja hegei kezdődtek valaha. Teste hirtelen könnyű lett, az izmok emlékeztek olyan mozdulatokra, amelyeket még nem tanított senki. Az erdő susogása örömmel fogadta. Nem volt már ember—nem egészen. Nem volt már az, aki a tömlöcben sírt, sem az, aki a szegényember fiaként futott a mezőn; új lénnyé vált, feléledt benne a régi vér emléke—az utolsók egyike.

Zareth, aki fajtájuk vérét szomjazta, hogy gyógyulást nyerjen, addigra majdnem teljesen kiirtotta őket. A fiú tudta, hogy nem mehet vissza az emberek közé. A világ, amelyből jött, nem fogadná be; a világ, amelybe érkezett, romokban hevert. A történet, amely őt hordozta, ezentúl suttogásban él tovább: tűz mellett, gyermekek szemében, ahol a félelem és a csoda egyszerre csillog.

A határnál, ahol az erdő véget ér és a mocsár kezdődik, a szél néha még felkap egy dalt. Arról énekel, hogy volt egyszer egy királyság, ahol béke és szeretet honolt; volt egy herceg, aki gyógyulással együtt itta meg a romlást; volt egy vándor, aki galád módon próbálta sorsának ívét megváltoztatni; volt egy asszony, aki a szépségét fegyverré tette, és egy szegény ember, aki a kardnál is erősebb mozdulatot talált: felemelni a másik testét. És volt egy fiú, aki végül nem az emberi világban, hanem a legendákban talált haza.

 Vége.

HAZATALÁLÁS

A SZOBRÁSZ

Óczy

Gregory álmában picit összerezzent, párnáját szorosan magához ölelte, és hunyorogva fordított hátat az ablaknak. Fél kézzel kitapogatta és fejére húzta takaróját, hogy elmeneküljön az erős fénytől, mert nem akart fölébredni. Nem akarta, hogy megszakadjon az álom, az a másik miliő, amiben boldog volt. Annak a zöldszemű lánynak a tekintete megigézte, különös vágyat ébresztett benne.

Már nyolc körül járt, mire nagy nehezen kikecmergett az ágyból. Főzött egy erős kávét, és bement a műhelybe. Belehuppant a hintaszékébe, és gondolataiba süppedve kortyolgatott. Ez a régi bútordarab épp annyira hozzátartozott az életéhez, mint a véső meg a kalapács. A helység közepén álló márványtömböt nézte. Mikor az utolsó csöppet is kihörpintette a bögréből, nekilátott a munkának. A következő hetekben megszállottan dolgozott. A lány, akit álmában látott, beköltözött a szívébe. Gondolataiban életre kelt, és ő kiszabadította a márvány fogságából, majd egyszer csak ott állt előtte a törékeny nő. Letérdelt a zsámolyra, belehelyezte arcát a kicsi, sima márványtenyérbe; fölnézett a kedves arcra, elképzelte a zöld szempárt, ahogy álmában nézett rá.

—Tökéletes—sóhajtotta. Utána felállt, végigsimította a fehér márványarcot, talán már századszor vagy ki tudja hányszor, és összeszorult a szíve.—Hogy válhatnék meg tőled? Mi összetartozunk—suttogta maga elé. A vágyódás néha édesen, néha fájdalmasan, de mindig vele volt. Beleült a hintaszékbe, hagyta, hogy az ábrándozás szárnyára kapja, és repüljön vele az ég felé, mikor megcsörrent a telefon.

—Halló!—szólt bele érces hangon.

—Szevasz, Gregory. Ugye, nem felejtetted el a mai pizza-partit? Lola az öccsével meg a húgával körülbelül másfél óra múlva érkeznek—hadarta Edgar.—Gondoltam, addig átjövök hozzád egy kicsit, és együtt megyünk a találkára.

—Szuper, a héten ez a legjobb ötleted. A műhelyben vagyok.

Edgar mindig megnézte barátja munkáit. Büszke volt a tehetségére. Tudta, hogy néhány nap múlva elszállítják; ha most nem nézi meg, talán már nem lesz rá alkalma. Amikor belépett a nyitott műhelyajtón, szinte belesápadt a látványba. Úgy állt ott, mint akinek földbe gyökerezett a lába, és nem tudott megszólalni. Tágra nyílt szemmel bámulta a szobrot; barátja felé fordult, de még mindig nem jött ki hang a torkán.

—Mi van, nem tetszik?

Edgar megcsóválta a fejét, köhintett párat, mire sikerült kinyögnie:

—Nagyon szép—majd zavarát leplezve, másról kezdett beszélni.

Szeptember vége volt. Szezon után a nizzai vendéglőkben közepes volt a forgalom, de Edgar, biztos, ami biztos, még kora délután foglalt asztalt a Gerardóban. Nem sokkal hat után nyílt az ajtó; egy fiatalember lépett be, mögötte két hasonló korú nővel.

—Jó estét, van egy asztalfoglalás öt személyre—szólt vidáman a pincérhez.

—Jó estét. Erre tessék, ez lesz az. Mindjárt hozom az étlapot.

Mire az üdítők is megérkeztek, Lola a testvéreivel, szokásuk szerint, most is összedugták a fejüket, úgy beszélgettek. Már mindent kitárgyaltak, választottak vacsorát is, de még mindig csonka volt a társaság.

—Lola, mikor jön Edgar?

—Türelem, öcsi, mindjárt felhívom.

Mire sikerült a táska mélyéről előkotorni a mobilt, épp megcsörrent.

—Szia, Lola, már megérkeztetek?

—Meg bizony! És ti hol vagytok?

—Ha hiszed, ha nem, pár perc és ott leszünk—

válaszolta Edgar.

—És ha nem hiszem?

—Ha nekem nem hiszel, akkor gyere ki. Talán a szemednek hinni fogsz.

Lola felpattant a székről:

—Jönnek!—ujjongott, és kiviharzott az ajtón.

A bejárat előtt jobbra fordult, és néhány méter után már látta őket, ahogy szaporázzák lépteiket. Két karját a magasba emelve integetett, majd megindult feléjük.

—Ott a feleségem!—kurjantott Edgar, és visszaintegetett párjának.

—Te aztán szerencsés fickó vagy—kacsintott Gregory, és megveregette a vállát. Amikor már csak pár lépés távolságra voltak egymástól, felkiáltott:—Lola! Áruld el, mit csinál veled ez a kétbalkéz? Úgy ragyogsz, mint ezer csillag az égen!—és felkapta, majd kettőt fordult maga körül a visítozó asszonykával.

—Gregory, tegyél le, te széltoló!

—Majd leteszlek, ha úgy akarom!—hahotázott, és óvatosan talpra állította Edgar feleségét.

A nap már vörösre festett mindent, mikor Lolával középen, egymást átkarolva sétáltak a vendéglő felé. A teremben ínycsiklandó illatok úsztak a levegőben.

—Hú, de éhes vagyok!—mondta Edgar, amikor beléptek, és megindult az asztaluk felé.

Lola belekarolt Gregoryba; vidáman vonszolta maga után.

—Gregory, szeretném bemutatni a testvéreimet. Az

öcsém és a húgom.

Tony felállt, hogy annak rendje és módja szerint kezet fogjanak. Aztán Gregory megkerülte az asztalt, hogy bemutatkozzon a másik testvérnek is. A lány feléje nyújtotta kezét, de nem úgy, mint egy ismeretlen, inkább, mint aki hosszú útról tért vissza. Gregory döbbenten meredt rá, alig tudott hinni a szemének. A nő, akit kifaragott a márványból, a lány szakasztott mása volt. Ahogy megérintette a kicsi, bársonyos tenyeret, minden porcikája beleborzongott a gyönyörűségbe; pillanatok alatt kiszáradt a torka, a lélegzete is elakadt, csak nézte, nézte az álombéli lányt, akit annyiszor átölelt, megcsókolt képzeletben. Elhatalmasodott benne a vágy, hogy magához ölelje, érezze a teste melegét, szíve dobbanását, hogy megbizonyosodjon róla, ez nem álom. Ez valóság!—mert érezte a vágyat a másikban is, de csak állt és nézte a tüneményt, némán, mozdulatlan.

—Myriam vagyok—törte meg a csendet a zöldszemű lány tündöklő mosollyal.

—Gregory—válaszolta rekedtes hangon a szobrász.

A következő nyáron megtartották az esküvőt, és három év múlva megszülettek az ikrek, két eleven, örökmozgó kisfiú. Voltak napok, amikor az életük fenekestől felfordult, mert a gyermeknevelést nem bízták másra. Mindent közösen akartak megoldani, aminek az lett az ára, hogy Myriam néha az összeesés határán támolygott a kialvatlanságtól,

Gregory késett a munkáival, csúsztak a határidők. Nehéz évek voltak, de a lurkók szépen fejlődtek, és ahogy az értelmük tágult, rengeteg örömet szereztek nekik. Már óvodába jártak, mikor Gregory egy külföldi kiállítására készült. A városi galéria raktárában helyezték el a szállításra várakozó szobrait. A kiállítás szervezője személyesen jött el megbeszélni a részleteket.

— Gregory, de rég láttalak! — örvendezett a magas, szőke hajú nő, és kacéran mosolygott.

— Szervusz, Rózi.

— Ilyen hűvösen üdvözölsz? Se csók, se ölelés?

— Azok az idők már rég elmúltak.

— Remélem, azért az emlékeket megőrizted! — fejét oldalra biccentve rúzsos ajkába harapott, miközben kihívóan illegette magát.

Gregory zavartan pislogott, és igyekezett másra terelni a szót.

— Tessék a katalógus — válaszolta, és a nő kezébe nyomta a keményfedelű, illusztrált nyomtatványt. — A terem másik végében találod a ládákat, fel vannak címkézve. Még nincsenek lezárva, mindent leellenőrizhetsz. A munkások holnap reggel jönnek, én is itt leszek a bepakolásnál. Még el kell intéznem pár dolgot. Amint végeztem, utánatok megyek.

— Rendben, de nehogy az utolsó percben érkezz! A Hotel Royalban foglaltam a szobáinkat — kacsintott, és kéjes vágy csillogott a szemében. Belelapozott a könyvbe, kicsit túlzásnak érezte a flörtölést, mégis, egy váratlan mozdulattal a férfi elé penderült, felpipiskedett, karját a nyaka köré fonta, és egy csókot lehelt a fülcimpájára. Azután villámgyorsan eltűnt a ládák és dobozok között.

Gregory a lehető leglassabban vezetett hazafelé. Minden mögötte közeledő autó elkerülte, néha még rá is dudáltak. Rózi viselkedése borzasztóan felháborította és zaklatottá tette. Úgy érezte, lesír róla, hogy tisztességtelen dologba keveredett. Hogy húzza az időt a hazaérkezéssel, tett egy kitérőt a benzinkút felé, és teletankolta a kocsiját, ami szükségtelen volt, mert alig négy litert tudott belecsöpögtetni. Amikor begurult a garázsba, még egy ideig matatott a zsebében, és csak utána ment be a házba.

— Sziasztok, megjöttem! — kiáltotta, ahogy belépett az ajtón.

A két fürtös hajú kissrác azonnal ott termett, ő pedig karjába kapta a kicsiket. Hangos puszik cuppantak, incselkedtek, kacarásztak, közben Myriam is előbukkant a konyhából.

Gregory letette a fiúkat, akik tüstént tovább rohantak, és a feleségéhez lépett.

— Szia, édesem, kész a vacsora? — felkapta, magához ölelte, majd lassan lefelé csúsztatva megcsókolta.

— Ha nem igyekszel, el is hűl — válaszolta mosolyogva, és visszacsókolta férjét, mikor egy idegen illat tolakodott közéjük. — Hol voltál ilyen sokáig? — kérdezte, és már indult is, hogy az asztalhoz parancsolja a gyerekeket.

— Elhúzódott a megbeszélés, és még beugrottam a benzinkútra tankolni.

— Tankolni? — csodálkozott el Myriam. — Két nappal ezelőtt tankoltad tele. Merre csavarogsz mostanában? — viccelődött, de már megbánta a kérdést, amikor férje elpirult arcára pillantott.

Vacsora közben a gyerekek vég nélkül viháncoltak, kihasználva szüleik szótlanságát. Ők pedig hálásak voltak mindenért, ami elterelte a figyelmüket egymásról. Gregory másnap reggel, mielőtt elindult a galériába, átölelte feleségét, és mélyen a szemébe nézett.

— Szeretném, ha velem jönnél a kiállításra. Elhívhatnánk Tonyt erre a kis időre, hogy vigyázzon a fiúkra. Imádják egymást, biztos jól ellennének. A megnyitó után együtt tölthetnénk pár napot, csak mi ketten. Mit szólsz hozzá? — kérdezte.

— Tony osztályfőnök, és már két napja táborozik az osztályával. Elfelejtetted? — pirongatta meg Myriam, és a fejét csóválta.

— A francba... — dünnyögte, és kifordult az ajtón.

Myriam elvitte a gyerekeket az oviba, hazafelé bevásárolt, és a délelőttöt a házimunkának szentelte. A mosnivalót pakolta be a gépbe, amikor a férje ingén egy hosszú szőke hajszálat vett észre. Két ujja közé fogta az aranysárga szálat, és elképedve nézte, miközben lehúzta a sötétbarna ingről.

—Az idegen illat—hebegte maga elé.—Egy szőke hajú nő illata—kezdte összerakosgatni az árulkodó jeleket. Távolra tartva magától beledobta a vécébe, és gyorsan lehúzta a vizet, mintha egy bűnjeltől akarna megszabadulni. Ráült a lecsukott vécétetőre, mert a lába nem bírta tovább vinni. Enyhe remegés fogta el, hányinger kínozta, és homlokával a kézmosóra támaszkodott. Eszébe jutott az egyik barátnője, aki tavaly sírva panaszkodta, hogy csak négy éve házasok, és a férjének már két éve szeretője van. Akkor elképzelhetetlennek tartotta, hogy ez vele is megtörténhet. Ráült a lecsukott vécétetőre, mert a lába nem bírta tovább vinni.

Mire a munkások az utolsó ládát is felpakolták és a szállító aláírta a kísérő dokumentumot, elszaladt a délelőtt. Gregory legszívesebben hazamenekült volna, de az illendőség úgy kívánta, hogy meghívja Rózit ebédre. Amikor ebéd után a parkolóban elköszöntek egymástól, a nő a kézfogást hosszúra nyújtotta, és élvezte Gregory zavarát.

—Akkor várlak három nap múlva—mondta, és a bűbáj csak halvány árnyéka volt a mosolyának.

—Viszlát, Rózi—válaszolta a szobrász, és elindult az autója felé.

A nő beült a kocsijába, magára csapta az ajtót, és a Porsche kerekei hangos csikorgással rákanyarodtak az útra.

—Egyszer már megszereztelek magamnak! Ha úgy akarom, megszerezlek még egyszer!—sziszegte, és padlóig nyomta a gázt.

✳

A házaspár a következő napokban tapintatosan kerülgette egymást. Gregory nyakig volt a tennivalóban, Myriam pedig mindent kitalált, hogy egy perc szabadideje se maradjon. A nap végére rakoncátlan tincsei a homlokára tapadtak, és a vacsoráját étvágytalanul erőltette magába—nagyokat kortyolt a teából, hogy lecsússzon a falat. Végül, amikor a többiek már elhagyták az asztalt, a maradékot egy szalvétába bugyolálta, és bedobta a szemetesbe.

Az utazás előtti este mindketten nyitott szemmel feküdtek a sötétben. Az utcáról beszűrődő lámpafény épp csak kirajzolta testük körvonalát. Gregory Myriam felé fordult, végigsimította karját, haját, apró csókokkal kényeztette, és leste minden rezdülését. Már nagyon vágyott az ölelésére, arra a biztos tudatra, hogy minden rendben van köztük, mert látta, hogy napok óta sápadt, bántja valami, de nem beszélt róla. Szorosan hozzábújt, érezte, ahogy a nő teste felforrósodik, és végre kitárulkozik. Lélegzetük felgyorsult, karjukkal, lábukkal egymásba fonódva, a szenvedély magasba ívelt, egymásba olvadtak, mielőtt kimerülten álomba zuhantak.

Másnap reggel Myriam segített férjének bepakolni az útra.

—Hívj estére, hogy tudjam, minden rendben—mondta, és szorosan átölelték egymást.

—Ne aggódj, jelentkezem útközben is—válaszolta férje, és megcsókolta kedvesét. A fiúk is kaptak egy-egy puszit, és elindult a határ felé.

꙰

A délelőtt gyorsan elmúlt, Gregory minden alkalommal felhívta, amikor megállt tankolni vagy pihenőt tartott. Myriam egycsapásra megnyugodott, és azon tűnődött, hogy lehet ilyen ostoba? Hogy jut eszébe kételkedni a férje hűségében? Épp a kertbe indult a fiaival, amikor megcsörrent a vezetékes telefon. Felkapta fejét; ritkán fordult elő, hogy nem a mobilján keresték. Kíváncsian visszasietett, de mire felvette a kagylót, megszakadt a vonal. A kijelzőn egy külföldi szám jelent meg, de fogalma sem volt, melyik országból. Mindig megijedt, ha ismeretlen számról keresték. Rossz emlékeket idézett fel benne. Hogy lenyugtassa magát, az tűnt logikusnak, ha utánanéz a telefonszámnak. Azt tudta, hogy Ausztria hívószáma 43, Bécsben lesz a kiállítás, és a Hotel Royalban száll meg a férje. De melyik ország hívószáma a 41?

— Nézzük csak — motyogta, és elkezdett keresgélni a laptopján. — Megvan! Ez bizony Svájc — állapította meg hangosan. — De ki lehetett a hívó? És kit keresett? — a nyugtalanság egyre jobban fokozódott benne, és a bizonytalanság cseppenként szivárgott vissza a lelkébe. Gregory kora este már a hotelból hívta, röviden beszámolt az utazásról, és hogy milyen kellemes a lakosztálya. Ő a gyerekekről mesélt, azután elköszöntek, és kinyomta a mobilját.

A kicsik aznap jól kihancúrozták magukat, korán elaludtak. Myriam kiült a nappaliba, és tovább kutakodott az ismeretlen telefonszám után, mert nem hagyta nyugodni a dolog. Vesztére a kinyomozott információtól még idegesebb lett. A telefonszám tulajdonosa egy svájci állampolgárságú művészettörténész volt, aki már tíz éve kiállítások szervezésével foglalkozik. Képet is talált róla.

—Igen. Szóval te vagy az...—nézte a magas, karcsú, negyvenes nőt, és könny szökött a szemébe. Megalázónak érezte a helyzetét. Mielőtt Gregoryt megismerte, mindkettőjüknek volt már kapcsolata, de azokat lezárták. Egyikük sem firtatta a másik múltját. Szerették egymást, és boldogan éltek. —Mi történt? Mit tegyek most?—kérdezte fennhangon magától. Nem bírt gondolkozni. Mintha valami külső kényszer hatására cselekedett volna. Elég későre járt, de muszáj volt telefonálnia.

—Szia, Lola. Bocsi, hogy zavarlak, aludtál már?

—Semmi gond, valami baj van?—kérdezte álmos hangon a nővére.

—Nem, semmi. Csak úgy döntöttem, mégis elmegyek Gregory kiállításmegnyitójára. Meglepem vele. Tudnál vigyázni a gyerekeimre? Csak pár napról lenne szó—kérdezte Myriam.

—Persze, de miért nem szóltál előbb?

—Nem így terveztem a hétvégét. Hirtelen jött az ötlet—hümmögte Myriam.

—Jól van, hugi, hétre ott leszek. Nem késő?—kérdezte Lola.

—Nem. Csak nyolc után indulok.

—Rendben.

—Köszönöm, Lola.

Szörnyű volt az utazása. Fáradtan, lelkileg meggyötörve és késve érkezett. A parkolóban csak néhány kör után talált szabad helyet. Percekig ült maga elé meredve.—Talán idióta ötlet volt idekocsikázni—gondolta, azután lecserélte cipőjét az elegáns, fekete, magassarkúra. Kirúzsozott, pirosított, de még így sem tudta elrejteni az arcára feszült keserűséget.

—Mindegy, most már itt vagyok—bátorította magát, és kiszállt a kocsiból.

A hömpölygő tömeg magába szippantotta, ő meg köztük sodródva vívódott háborgó érzelmeivel és a női méltóságával. Már több mint egy órája bolyongott, a látogatók kezdtek fogyatkozni, amikor a terem túlsó végében megpillantotta a dekoratív nőt, amint a férjével közelednek. Megrémült, és rátört a menekülhetnék.—Marhaság—seppegte.—Nem fogok elfutni—és lassan hátrálni kezdett, kikerülve egy paravánt, míg egy hatalmas dekorfüggöny védelmében találta magát. Az ijedtségtől moccanni sem bírt. Kopogó léptek hangjára lett figyelmes. Semmit nem látott a vastag anyagon keresztül, de érezte, hogy ők azok. A nő hangja hisztérikusan csattant fel.

—Akármit mondasz, tudom, hogy hazudsz! A csillagokat is letagadhatod az égről, magadat is becsaphatod, akkor is én voltam a legjobb nő az életedben!

—A legjobb dolgok csak azután kezdődtek az életemben, miután szakítottunk.

—Csak nem azt akarod mondani, hogy az a pöttöm

szentgyörgygomba jobb az ágyban, mint én?! — sziszegte magánkívül.

— Ha a feleségemre célzol, jobb, ha tudod: a nyomába sem léphetsz — mordult rá Gregory.

— Te szemét! — sipítozott Rózi.

— Barátkozz meg a gondolattal, csak egy nő számít az életemben: Myriam — azzal sarkon fordult, és faképnél hagyta a szőke bombázót.

— Te utolsó, mocsok! — toporzékolt a hisztérika, és valamit földhöz vágott, mert hatalmasat csattant, és szilánkok repültek a függöny alá.

Myriam a falhoz lapulva állt, és úgy érezte, forog vele a világ. A kopogó léptek hangja sietősen távolodott, és elnyelte a látogatók zaja. Néhány perc múlva kilépett a függöny mögül, és kitámolygott a teremből.

Az elmúlt napok gyötrelmei és ez a jelenet minden erejét kiszívta. Ahogy a kocsijához botladozott, meglátta a férjét. Gregory az autó oldalához dőlve, karját maga előtt összefonva ácsorgott. Amikor észrevette feleségét, gyors léptekkel megindult feléje.

— Myriam, hogy kerülsz ide, és miért nem vetted fel a telefont? — kérdezte aggodalmasan, és átkarolta derekát.

— Hozzád jöttem. Gondoltam, meglesplek, és mindent hallottam — mondta halkan, szinte bocsánatkérően.

— Myriam, te vagy a mindenem.

— Tudom — válaszolta Myriam, és elsírta magát.

※

Mikor gyermekeik felnőttek és külön költöztek, egy új fejezet kezdődött a szerelmükben. Megint csak egymásnak éltek.

Edgar a műterem sarkában ácsorgott, és a nejét figyelte, aki szélsebesen rendezkedett. Áthelyezte a festőállványt, gondosan összeválogatta az ecseteket, és elővette a palettát.

— Lola, min ügyködsz ilyen buzgalommal? — kérdezte, miközben beletúrt őszülő hajába.

— Megfestem őket — válaszolta felesége, és egy huncut mosolyra húzódott az ajka.

— Kiket?

— Az egyetlen húgomat és a barátodat.

— Hatvanon túl?

— Ez az igazi kihívás!

— Azt hittem, elégedett vagy, amennyi elismerést besöpörtél már a kiállításaid során — csodálkozott Edgar.

— Így van, de ez most más. Ez lesz életem főműve — nevetgélt Lola rejtélyes derűvel az arcán.

— És már tudják, mire készülsz?

— Még nem, de meg fogom győzni őket, hogy ennek így kell lenni. Ha már úgyis órákat töltenek összebújva, mint két tinédzser, mindegy, hol ücsörögnek. Közben megfestem őket. Te pedig, drágám, csöndben olvasgatsz addig a kanapén, ahogy tenni szoktad — kuncogott pimaszul.

Mire a nyár színei őszbe fordultak, Lola az utolsó ecsetvonásokkal bíbelődött.

Edgar csak évekkel később jött rá, hogy ez volt élete

legboldogabb időszaka. Ekkor még mindannyian együtt voltak. A kanapén heverészett, de nem olvasott, a feleségét nézte, aki festéktől maszatosan dolgozott az életnagyságú képen. Úgy érezte, most kellene megállítani az idő kerekét. Elkapni ezt a pillanatot, és fogva tartani az örökkévalóságig.

Azután tekintetét Myriamra és Gregoryra függesztette. Jó volt látni szemükben a csillogást, ahogy elmerültek egymás tekintetében. A vágyakozásban kisimuló apró ráncokat az arcukon, miközben egymás kezét fogták, mint akik soha többé nem akarják elengedni a másikat. Ekkor értette meg, miért mondta felesége, hogy: „Ez lesz életem főműve". Mert, bár a test megöregszik, az egymás iránt érzett szerelem nem változik. Lola pontosan ismerte ezt az érzést, ezt akarta megörökíteni.

Amikor elkészült a festmény, abban a pizzériában ünnepelték meg, ahol Gregoryt és Myriamot bemutatták egymásnak. Akkor még nem tudták, hogy utoljára vannak együtt, így négyesben.

Vacsora után szótlanul sétáltak hazafelé. A holdfényben a tenger hullámai ezüstösen csillogtak; volt bennük valami vészjósló. Myriam térde megremegett, furcsa érzés borzongatta. Az elkerülhetetlen. Félelem futott át rajta, görcsösen belekapaszkodott a férjébe.

A következő években már csak hármasban kószáltak, de előtte mindig elmentek Lolához, friss virágot vittek rá. Edgar ezekben az években többet öregedett, mint egész életében. Gregory a fekete márvány síremlék előtt állt—amit ő faragott –, nézte, ahogy Myriam vizet önt a vázába, aztán a barátjára pillantott, aki a virágokat igazgatta, és arra gondolt: vajon, hogy lehet kibírni ekkora fájdalmat.

※

Egy augusztusi délután Myriam és Gregory kettesben sétáltak a parton. Szandáljaikat a kezükben lóbázták, mert mezítelen talpuknak jól esett a lapos kavicsokon járkálni.

— Gregory, mondanom kell valamit—szólalt meg a nő, kicsi kezét férje tenyerébe csúsztatva.

—Mondd, édes—válaszolta szelíden a férfi.

—Úgy érzem, nagyon elfáradtam.

—Akkor keresünk egy helyet, és leülünk pihenni.

—Az jó lesz, de másról van szó. Az életbe fáradtam el. Érzem a végét.

—Ne bolondozz!—rémült meg Gregory.

— Komolyan mondom, és nagyon bánt, mert nem akarlak elhagyni.

Gregory hirtelen úgy megszorította felesége kezét, hogy az fölszisszent.

— Bocsáss meg, nem akartam—mondta, mikor észrevette, hogy fájdalmat okozott.—Gyere, nézd csak, ott jó lesz—mutatott egy közeli szikla felé.

Odaérve leült, és nekitámasztotta hátát a sima kőnek.

— Gyere, édes, ülj ide hozzám—nyújtotta karját felesége felé.

Az aprócska nő az ölébe ült, és szinte elveszett férje

ölelésében, aki még mindig magas, délceg ember volt.

— Gregory, tudom, hogy semmi szükség a szavakra, de akkor is kimondom, mert nekem is jólesik hallani: az életemnél is jobban szeretlek.

— Én is szeretlek. Mindennél jobban. Már akkor szerettelek, mikor még nem is ismertél. Láttalak álmomban. Amikor kifaragtalak a márványból, beléd szerettem. Nem tudom elképzelni nélküled az életem. Nem engedlek el. Nem mehetsz sehova nélkülem.

— Nem akarok elmenni, de meg fog történni — suttogta szomorúan.

A férfi gyengéden ringatta, simogatta, magába szívta bőre illatát. Myriam torka összeszorult, szíve egyre lassabban dobbant. A tenger felől érkező szél tomboló vihart hozott magával. A horizont felett különös, zöld színű villámok cikáztak. Az égiháború morajlása egyre közeledett, a zöld fények föléjük kúsztak, villogtak, csapkodtak. Gregory ráborult a feleségére, és némán zokogott. Mire megvirradt, az égzengés elcsendesült, mintha az ítéletidő meg sem történt volna. Akkor fölállt, és karjában tartva lassú léptekkel elindult a tenger felé.

Másnap az újságok hasábjain a rettenetes viharról cikkeztek, és egy furcsa égi jelenségről. Edgar kétségbeesve kereste őket heteken keresztül, míg egy szeptemberi napon megtalálta elhagyott szandáljaikat.

HŰTLEN SZERETŐK

Óczy

Lajos, a rendőrakadémia kiváló tanulója, magas, jóképű fiatalember volt, aki minden nőt az ujja köré csavart. Milli már akkor elpirult, amikor meghallotta a folyosóról beszűrődő baritonját. Néhány perc múlva már az ajtón kopogott, csak kettőt és halkan.

—Gyere!—szólt ki a titkárnő, és egy gyors mozdulattal hátrasimította szőke fürtjeit.

—Szép napot, Milli!—mosolygott be Lajos, megvillantva fehér fogsorát.

—Neked is, Lali. Mit tehetek érted?—kérdezte, egy pillantást vetve rá, aztán tovább rakosgatta az iratokat az asztalon.

—Nekem az is elég, ha csak láthatlak—bókolt a fiatalember.

—Elég volt, Lali!

—Milli, kérlek... megértem, hogy az érett férfiakra

buksz, de...

—Hagyd abba..., dolgom van.

—Jól van, jól van, ne mérgelődj! Csak egyetlen kérésem van.

—Ki vele—sürgette Milli.

—Van három koncertjegyem holnap estére. Szeretném elhívni a húgodat, de még épp csak kezdünk barátkozni..., de ha te is eljönnél...

—Lali, te megőrültél? Én férjnél vagyok!

—Tudom, de Rezső terepen van, és ott is marad egy hétig. A gyilkossági csoportban van egy haverom, mindenről tudok, ami ott történik.

—És ha utólag a fülébe jut?—aggodalmaskodott Milli.

—Te csak elkíséred Jolánkát. Az még nem házasságtörés—győzködte Lajos.

—Még átgondolom—tétovázott Milli, de a szíve hevesen kalapált.

—Rendben, akkor ezt megbeszéltük. Holnap este fél hétkor várlak benneteket az Aréna bejáratánál—aztán vidáman indult kifelé, de az ajtóból még visszanézett, és huncut vigyorral odasúgta:—Imádlak.

A koncert fergeteges volt. Lajos a két nő között ült, és minden alkalmat kihasznált, hogy Millihez simuljon. A szünetben épp üdítőt iszogattak, amikor megpillantotta az egyik nyomozót. Szerencsétlenségére az is észrevette, és nagyon meglepődött, amikor meglátta őket együtt. Lajos, hogy zavarát leplezze, széles mosollyal biccentett feléje.

—Kinek köszöntél?—kérdezte Milli.

—Csak egy haveromnak—legyintett a kezével.

A következő hét már nem telt olyan vidáman. A gyilkossági csoport nyomozói kiváló csapatmunkát végeztek. A főnök dicséretben részesítette őket, de Rezső ennek már nem tudott örülni.

Az a nyavalyás szépfiú—dühöngött magában.—Na, majd adok én neki!

Másnap délután bement az akadémiára, és megkereste Lajost.

—Idefigyelj, te mocsok! Ha még egyszer meghallom, hogy a feleségem közelébe merészkedsz, neked véged! Megértetted?—rivallt rá.

—Nyugalom, öregfiú, nem tettem benne kárt—pimaszkodott Lajos.

—Ne játszd a nagylegényt, mert megjárod—sziszegte Rezső, aztán sarkon fordult, és elviharzott hazafelé.

A következő évben Lajos kitűnő eredménnyel végzett az akadémián, és felvételt nyert a gyilkossági csoportba, ahova csak a legjobbak kerültek be. Hatalmas lelkesedéssel vetette magát a munkába, és fáradhatatlanul üldözte a bűnözőket.

—Na, mi van, szépfiú? Ide is bemosolyogtad magad?— mordult rá Rezső egy délelőtt a kávéautomatánál.

—Kiérdemeltem, hogy itt lehessek—válaszolta Lajos, és

állta a férfi cinikus tekintetét.

Miután többször bizonyította jó képességét, és a nők körében is sikeres volt, egy-kettőre kivívta magának a kollégák ellenszenvét. Rezső szívből gyűlölte Lajost, mert a puszta jelenlétével megkeserítette az életét. Elhomályosította érdemeit, aláásta önbizalmát. Egy nap, amikor az üvegfalon át meglátta, hogy a folyosón mobiljáról beszélget valakivel, elborult az agya a féltékenységtől. Azon nyomban felhívta a feleségét, de a vonal foglaltat jelzett.

Ezek egymással cseverésznek—tombolt benne a gyanú, és lecsapta a kagylót.

Átrohant a szemközti rendőrakadémiára, egyenest be az irodába.

—Kivel beszélsz, te?...—üvöltött rá, és kikapta kezéből a telefont.

—A Nagyival—hebegte Milli, és elsápadt az ijedtségtől.

—Igazán?—remegett az indulattól a férje, és beleordított a kagylóba:—Hogy vagy, Nagyika?

—Köszönöm, jól, Rezsőkém. És te hogy vagy? Olyan ideges a hangod—válaszolta az idős hölgy.

Ekkor Rezső sápadt el, és még a hangja is elakadt. Levágta a kagylót, és megszégyenülten rohant ki az épületből.

Hülyét csináltam magamból. Te nyomorult..., te féreg, ez is miattad van—szitkozódott végénélkül.

Milli munkahelye és az otthona közötti távolság nagyjából egy kilométer volt, amit minden nap gyalog tett meg.

Az irodai ülőmunka után ez a séta igazi felüdülés volt. Az út felénél a gyalogjárda egy parkon vezetett át, ahol rendszeresen találkozott a nagyanyjával. Az idős hölgy mindig ugyanazon a padon üldögélt, és a galambokat etette. Mogyoróbarna kiskosztümjében, kalapjában, apró termete beleolvadt az ősz színeibe.

—Szia, Nagyi—köszönt rá Milli, és lehuppant mellé a padra.

—Szervusz, Millikém.

Egy ideig szótlanul ücsörögtek, aztán az idős hölgy törte meg a csendet.

—Kicsikém, minden rendben van köztetek? Mondd el, ha valami baj van. Én mindig melletted vagyok.

—Tudom, Nagyi, és köszönöm. Majd elmondom egyszer—sóhajtotta Milli.—Na, megyek. Holnap is itt leszel?—kérdezte, és egy puszit cuppantott az arcára.

—Ha szép idő lesz—válaszolta nagyanyja, és szelíden rámosolygott.

A Rendőr-főkapitányság és a Rendőrakadémia a szilveszteri bulira közösen béreltek helységet a dolgozóiknak. Lajos az utolsók között érkezett. Amikor belépett a terembe sötétkék öltönyében, a közelében állók mind feléje fordultak. A nők szíve megdobbant, és a férfiak is kénytelenek voltak elismerni, nagyon fess a kollégájuk.

—Szép estét mindenkinek!—üdvözölte a társaságot, és vidáman csillogott a szeme.

—Szép estét, Lajos, táncolunk?—kérdezte egyik kollé-
ganője, aki mindeddig az ajtót leste, mikor toppan be a
szívtipró.

—Ó, már hölgyválasz van? Ennyire elkéstem?—vic-
celődött Lajos, és finoman átkarolta a lány derekát, aztán
elvesztek a táncolók között.

Ezen az estén nem akart botrányt maga körül, inkább
rá se nézett a férjes nőkre. Csak az egyedülállókkal tán-
colt, de szeme sarkából Millit kereste.

Másnap délután őrült fejfájással ébredezett, és az egész
buliról csak foszlányok derengtek az emlékezetében: sokat
táncolt, sok nővel, és valakivel nagyon jót csókolózott, de
az éjféli koccintgatás minden továbbit elhomályosított.
Aztán résnyire bevillant egy autó hátsó ülése, selymes
bőr, és valami édeskés parfümillat, amitől hányingere lett.
Amikor végre friss levegő csapta arcul, már a ház előtt
ácsorgott, homlokával a bejárati ajtónak támaszkodva,
aztán keresgélt valamit a zsebében. Egyszer csak kinyílt
az ajtó, és valakivel karonfogva bukdácsolt fel a lépcsőn.
Innen filmszakadás.

—Boldog újévet, Lali—motyogta, és a másik oldalára
fordult.

Február közepén a gyilkossági csoport bevetésre készült.
Rezső nagyon izgatott volt, mert egy évek óta húzódó ügy-
ben új nyomra bukkant. Meg volt róla győződve, hogy a
tettes egy távoli rokon, de eddig nem volt rá bizonyítéka. A

csoport élén újra kiment a terepre, mert biztos volt benne, hogy most elkapja.

Ezidőben Lajos egy másik ügyet gombolyított fel kiváló eredménnyel. Egy kora délután, munkája végeztével kileste Millit hazafelé menet, és utána sietett.

—Szia, Milli! Régen láttalak—üdvözölte, és hozzáigazította lépteit.

—Szia, Lali.

—Elkísérhetlek egy darabon?

—Nem.

—December óta én is erre lakom. Erre visz az utam, nem tilthatod meg.

—Hagyj békén, Lali—mordult rá Milli, és egy pillanatra megállt. Szembefordult a férfival, és mélyen a szemébe nézett.—Ne komplikáld az életem—mondta, aztán kimért léptekkel folytatta útját.

—Nem hagyom magam lerázni. Akarlak téged—suttogta Lajos, és gyengéden belekarolt.

Milli kitépte karját, és felgyorsította lépteit. Mikor megpillantotta nagyanyját, már messziről odakiáltott:

—Szia, Nagyi!—és mosolyogva integetett.

Lajos megadta magát. Ez a pillanat nem kedvez az ostromnak—gondolta, aztán sietősen továbbállt.

—Szervusz, Millikém—emelte rá tekintetét nagyanyja, és hunyorogva vizsgálta, amikor leült mellé a padra.

—Dagadtra eteted ezeket a galambokat—viccelődött zavartan az unokája.

—Tél van, ilyenkor jobban kell őket etetni. De mondd csak, ki volt az a férfi melletted?

—Rezsőnek egy kollégája.

—Pimaszkodott veled? Feldúltnak látszol.

—Nem, csak el akart kísérni—válaszolta Milli, és halványan elpirult.

—És hogy hívják?

—Kővágó Lajosnak—motyogta Milli hosszú hallgatás után.

✳

Borongós májusi délelőtt volt, de Rezsőnek még borongósabb volt a hangulata. Hatalmas kudarcélménnyel birkózott. Tapasztalt nyomozó létére nem tudta lezárni az ügyet, pedig biztos volt benne, hogy jó nyomon jár.

—Nincs tökéletes gyilkosság, csak mafla nyomozó— hallotta Lajos nagyképű kijelentését a szomszéd irodából, és ökölbe szorult a keze.

Mit tudsz te a tökéletes gyilkosságról..., te szarjankó!— dünnyögte magában, és állandóan az órára pillantott, mikor indulhat haza.

Miután beállt a kocsival a garázsba, leült egy kicsit a kertben, és rágyújtott egy cigarettára. Igazi menedék volt ez a hely a munkahelyi kudarcoktól, a felesége szomorú tekintetétől. Valami hidegség ékelődött közéjük, és gyanította, hogy Lajos van a dologban.

Millit a saját sorsa hervasztotta. Arca egyre sápadtabb lett, és fogyott is. A munkahelyén szétszórt volt, és gyakran tévedett. Tagadta maga előtt, de fuldoklott a szerelemben. Mindenhol Lali hangját hallotta, Laliról álmodott, és Lalira gondolt egész nap. De rettegett, hogy összefutnak valahol, és már nem lesz képes ellenállni Lalinak.

Eközben Lajos maximális energiabedobással hajszolta a bűnözőket és a nőket, mert mindennél jobban vágyott a sikerélményre.

—Millikém, ez nem mehet így tovább. Elemészted magad—simogatta meg a karját nagyanyja, aztán elővett egy zacskót a ridikülből, és dobott egy kis magot a galamboknak.

—Tudom, de nem tudok mit tenni ellene.

—Menjetek el Rezsővel nyaralni. Már augusztus vége van, de ti még nem voltatok szabadságon.

—Rajtunk az nem segít—mondta Milli, és elhomályosult a tekintete.

—Felejtsd el azt a férfit, az egy közönséges szoknyavadász. Gyakran látom errefelé, és mindig másik nőt ölelget.

—Mert erre lakik, és ragadnak rá a nők.

—Ugyan, Millikém, ne csapd be magad. Mindegy ennek, hogy kivel andalog.

—Na, megyek. Szia, Nagyi—és megölelte, megpuszilta nagyanyját.

—Szervusz, kicsikém.

November közepén fegyveres leszámolás rázta fel a város

nyugalmát. Két drogdílerbanda csapott össze, sok volt a sebesült, és három halálos áldozat. Rezső kapta a feladatot, és egyben lehetőséget is a bizonyításra, hogy ismét kivívja főnöke megbecsülését. Csoportjával a bűnözők után eredt, és éjt nappallá téve nyomozott heteken keresztül.

Lajos úgy vélte, elérkezett a pillanat, hogy elcsábítsa Millit, és ment minden, mint a karikacsapás. Milli rózsaszín ködben lebegett, és Lali legénylakása maga volt a földi mennyország. Már csukott szemmel is odatalált, mert a lába odavitte nap mint nap. Így ment ez, mígnem Lali egy este bejelentette, hogy családi okok miatt el kell utaznia.

—Nem baj, majd jövök, ha visszajöttél—suttogta Milli, és szerelmesen csókolta.

—Persze, persze. Majd jelentkezem—válaszolta Lajos, aztán lefejtette magáról ölelő karját, és kikísérte a bejárati ajtóig.

Másnap délután hosszan csöngettek a Nefelejcs utca 2. ajtaján.

—Szia, Nagyi—toppant be Milli egy tálca aprósüteménnyel.

—Szervusz, kicsikém.

—Arra gondoltam, feltakarítom a nappalit. Te meg főzz egy finom teát.

—Ha csak ennyi a kívánságod—mosolygott nagyanyja, és betessékelte az unokáját.

Már besötétedett, mire Milli mindennel végzett, és leülhettek teázni.

—Jól látom, hogy majd kicsattansz a boldogságtól?—
nézett rá kíváncsian, és kortyolt egyet a teából.

—Igen, jól látod. Nagyon boldog vagyok, és jólesik, hogy
bevallhatom neked. Szerelmes vagyok Laliba.

—Jaj, Millikém...—csóválta a fejét.

—Elmondok mindent Rezsőnek. Meg kell hogy értse.
Én szeretem őt is..., de Lali az igazi.

—Mit ígért neked, kicsikém?—aggodalmaskodott Nagyi.

—Semmit, a világon semmit, csak szeretem.

Milli egy parányi ajándékboltban nézelődött Lajos lakása
közelében, amikor megzizzent a zsebében a telefon.

SMS érkezett, Lali írt!—örvendezett, de gyorsan elszállt
a jókedve.

—Elhúzódó ügyek miatt csak a jövő héten érkezem. Csó-
kollak, Lali—szólt az üzenet.

Akkor tengernyi időm van vásárolni—dünnyögte csa-
lódottan.

Sokáig bóklászott, mire talált néhány apróságot, köztük
egy szív alakú kulcstartót. Hirtelen ötletből megvette, hogy
meglepje vele. Hazafelé menet tett egy kis kitérőt, bement
a lépcsőházba, éppen ráakasztotta az ajtókilincsre, mikor
csoszogást hallott bentről, és a kilincs lassan lefelé moz-
dult. Megrökönyödve nézte, és mozdulatlanná dermedt.
Ekkor már mögötte is kopogó léptek közeledtek, az ajtó ara-
szolva nyílt, a lány, aki addigra odaért, meglepődve nézett
rá. Tőle jobban már csak Lajos volt elképedve, és ráfagyott

a mosoly az arcára, mikor meglátta mindkettőjüket.

—Lali, te itthon vagy?—rebegte Milli halálsápadtan.

—Ki ez a nő?—kérdezte a lány.

—Megmagyarázom, Milli. Én... én nagyon sajnálom... mondanom kellett volna—hebegte Lajos.

Milli lassan hátrált, forgott vele a világ. Az utca túloldalán valaki felsikított, amikor a villamos elé zuhant. A vezető szitkozódva kiugrott, a járókelők mind odatódultak, egy férfi mentőt hívott, és leguggolt hozzá.

Amikor magához tért, Nagyi gubbasztott mellette egy karosszékben, és a kezét simogatta.

—Meghalhattál volna—suttogta kisírt szemekkel.

—Nem bánnám—nyöszörögte Milli.

—Ne mondj ilyet. A lányomat már elveszítettem. Belepusztulnék, ha téged is...

Rezső, amint értesült, hogy Millit baleset érte, hanyatthomlok rohant a kórházba. Könny szökött a szemébe, mikor meglátta a bekötött fejét, begipszelt lábát. Egyik karja befáslizva, a másikba infúzió csöpögött.

—Alszik—seppegte Nagyi, és kimentek a folyosóra.

—Hogy került arra a környékre?—kérdezte Rezső, mert sehogy sem fért a fejébe, mit keresett ott a felesége.

—Én említettem neki, hogy van ott egy ajándékbolt, és oda ment vásárolni—magyarázta Nagyi.

Ekkor bukkant elő Lajos egy hatalmas, vörös

rózsacsokor mögül.

—Te mit keresel itt?—förmedt rá Rezső.

—Hallottam, hogy Millit baleset érte—dadogta.

—Takarodj innen!—kiáltott rá, és elkapta a grabancát. Kizsuppolta az utcára, és utána vágta a csokrot.

—Rezsőkém! Nyugodj meg!—csitította Nagyi, és a karjába csimpaszkodott.

Ekkor már a portás is kijött a fülkéjéből. Mindent látott, de semmit sem értett.

—Uram! Itt nincs helye dulakodásnak!—szólt rá határozottan.

—Elnézést—morogta Rezső, és visszafordultak Nagyival a kórterem felé.

December közepére, mire Millit kiengedték a kórházból, beköszöntött az igazi tél hóval és kemény mínuszokkal. Lajos a ház körül settenkedett, az alkalmat leste, hogy meglátogassa, de Nagyi ezt mindig meghiúsította.

Úgy őrzi, mint egy testőr, csak negyed akkora—bosszankodott magában, mert fogytak a napok, amit Rezső a terepen töltött.

Aztán egy késő délután megpillantotta az idős hölgyet, a parkon át bandukolt egy nagy szatyorral.

Itt az alkalom!—gondolta, és rohant Millihez. Két rövidet csöngetett, és várt... egyszer csak nyílt az ajtó, és Rezső eltorzult arccal nézett vele farkasszemet.

—Nem megmondtam, hogy takarodj a közeléből!

— Te...

— Igen! Én már itthon vagyok, a banda meg a rács mögött! — üvöltötte és úgy orrbavágta Lajost, hogy hanyatt esve legurult a lépcsőn a járdára.

Bevágta maga mögött az ajtót, és összecsuklott, mint egy colostok. Az ökle lilára dagadt, és kegyetlenül fájt.

Ezt jól elintéztem — tapogatta –, de legalább a bájgúnárt is.

— Fiatalember, mit vétett a szomszédomnak, hogy így elbánt magával? — kérdezte egy férfi, és segített talpra állítani Lajost.

— Egy ideje pikkel rám — válaszolta, és vérző orrára szorította a zsebkendőt.

A sötétség és a köd hirtelen ereszkedett a városra. Az utcai lámpák fénye csak halvány maszatnak látszott, ő meg egyik oszloptól a másikig szédelegve, sajgó fejjel dülöngélt hazafelé.

— Sajnálom, kolléga, hogy megszakítom a szabadságod, de be kellett hogy hívjalak. Olyasmibe keveredtél, ami nekem is nagyon kínos — mondta főnöke gondterhelt arccal. — Ma reggel a kommunális dolgozói egy megfagyott embert találtak a parkban. A halott férfi Kővágó Lajos.

Rezső elsápadt, és egész teste beleremegett.

— De nekem semmi közöm hozzá! — fakadt ki belőle.

— Van rá szemtanú, hogy tegnap délután nálad járt.

— Nem volt bent, csak az ajtóig jött.

—És te megütötted, ő meg leesett a lépcsőről.

—De aztán talpra állt, és eloldalgott.

—Az igaz, de van más is—folytatta.—Tavaly ősszel hallotta valaki, hogy megfenyegetted. Pontosan ezt mondtad: „Idefigyelj, te mocsok! Ha még egyszer meghallom, hogy a feleségem közelébe merészkedsz, neked véged!" És november végén, amikor a feleséged kórházban volt, látta a portás, hogy kilökted az ajtón az utcára. Így történt?

—Igen. Ez mind igaz, de én nem öltem meg!

—Senki nem vádol gyilkossággal, de beszélnek rólad, és ez nem válik a dicsőségedre.

—Minden nővel kikezdett. Neki az sem számított, hogy valamelyik kollégájának a feleségét csábítja el—panaszkodta Rezső.

—Tudok róla. Nagy Don Juan hírében állt, de most figyelj rám. Az orvosszakértői vélemény szerint ütés érte az arcát, a tarkóját, de a halál oka kihűlés. Szerencsétlen baleset történt. De... te csak néhány éve dolgozol nálunk, és nem vagy idevalósi, ezért nem tudod, hogy az apja halála is különös történet. Derítsd ki, mi lehet a háttérben. Te vagy a legjobb nyomozó, és... elvégre mégiscsak kollégák voltatok.

—Rendben—bólintott Rezső, és a tenyerébe temette az arcát.

Már besötétedett, mire az irodából elindult hazafelé. Lehorgasztott fejjel ballagott a parkon keresztül. A fák ágai rogyadoztak a hótól, sűrű köd volt és csikorgó hideg.

Tegnap is pont ilyen idő volt—tűnődött magában, és még

mindig nem tudta felfogni, hogy nincs többé Lajos.

Egész éjjel forgolódott, többször felébredt, alig várta, hogy kivilágosodjon. Megitta a kávéját, összekapta magát, és kibotorkált a helyszínre. A köd még mindig olyan sűrű volt, hogy harapni lehetett. Nem látta, csak érezte, mintha apró golyókra lépne, és már zuhant is. Akkorát esett, hogy kiszorult belőle a levegő.

Te jó ég! Mi a franc ez? — Óvatosan négykézlábra tápászkodott, alig hitt a szemének. Mirelit zöldborsón így elvágódni... Kővágó Lajos, hát ezen eshettél hanyatt te is — hümmögte magában.

Másnap belevetette magát a kutatásba, hogy mindent megtudjon Lajos apjáról:

Kővágó Vince 1953–1986-ig élt. Harminchárom évesen halt meg motorbalesetben. Foglalkozása autószerelő, a helyi autó- és motorszerelő műhely dolgozója volt.

A műhely még mindig üzemel, és a tulajdonos is ugyanaz a személy, elmegyek egy kicsit érdeklődni — gondolta, és még aznap felkereste id. Farkas Jenőt.

— Jó napot — köszönt be a műhelybe, ahol két szerelő derékig bújt egy motorháztető mögé.

— Magának is — válaszolta egyikük, fel sem nézve.

— A főnököt keresem, hol találom? — érdeklődött Rezső.

— Az irodában — válaszolt ugyanaz a hang, aztán felegyenesedett az egyik szerelő, és a műhely vége felé mutatott —, arra menjen.

Rezső egy kicsi, homályos helységbe lépett, csak az

asztali lámpa világította be.

—Jó napot. Szász Rezső vagyok, rendőrségi nyomozó—és kezet nyújtott az idős, kövérkés embernek.

—Jó napot—nézett rá bizalmatlanul az öreg.

—Ne ijedjen meg, csak érdeklődni szeretnék egy régi dolgozójáról, Kővágó Vincéről.

—Üljön le—és lepakolt a mellette álló székről.—Már régen meghalt. Úgy hallottam, a múlt héten a fia is.

—Igen, kollégák voltunk—mondta Rezső, és elkomorult az arca.

—Hát azt mondják: „halottról jót vagy semmit." De való igaz, Vince volt a legjobb szerelőm. Az ő munkájára sosem volt panasz. Nem volt olyan motor, amit ő nem tudott megjavítani. Ha valaminek nekifogott, addig bütykölte, míg végül jó lett.

—És a magánélete?—kérdezte Rezső.

—Mindig viharos szelek fújtak körülötte—sóhajtott az öreg.—Nagy nőcsábász volt, isten nyugosztalja.

—Mit tud a balesetéről?

—Hát arról bizony mindenfélét beszéltek. Tudja, jóképű ember volt a Vince, bolondultak érte a lányok. Néha verekedésbe is keveredett miattuk, más férfiakkal. A felesége sokat sírt miatta, de mindig megbocsátotta a kicsapongásait, mert nagyon szerette. Aztán Vince mindig hazament, nem hagyta el az asszonyt. Csak hát ilyen volt. A motorok meg a nők, ez volt a szenvedélye. Egyszer jobban belekeveredett a bajba... valami szőke fiatalasszonyról pusmogtak.

Sokat motoroztatta azon a nyáron, aztán a férje is megtudta. De a baleset télen történt. Mindenki nagyon furcsállta, hogy Vince kicsúszott egy kanyarban. Előtte sosem esett le a motorról, pedig néha ugyancsak bravúroskodott.

—És volt vizsgálat? —kíváncsiskodott Rezső.

—Hát valakik vizsgálódtak, de végül azt írta az újság, hogy baleset volt.

—Nem tudja, kik vizsgálódtak?

—A rendőrségtől voltak, mert sokan azt sugdolózták, talán valamelyik felszarvazott férj segítette a halálba, de nem volt rá bizonyíték. És hát a hó nem volt letakarítva, ráadásul szétszóródott zöldborsót találtak a kanyarban. Azon csúszott meg, és egy fának csapódott. Ott helyben szörnyet halt.

—Hogy került zöldborsó a kanyarba? —álmélkodott Rezső.

—Éppenséggel lehet rá magyarázatot találni. Van a közelben egy élelmiszer-diszkont. Aztán amilyen ócskák ezek a csomagolások. Már a feleségem is járt úgy, hogy mire hazaért, a fele kiszóródott útközben.

—Szóval... baleset volt —tűnődött Rezső.

—Azt mondták. Csak tudja..., szerintem nagyon furcsa, hogy... —és közelebb hajolt a nyomozóhoz, mintha attól félne, hogy valaki meghallja.

—Micsoda? —kapta fel a fejét Rezső.

—A Kővágó Sándor, a Vincének az apja, ő is télen halt meg. Hajnalban indult a munkába, és a saját házuk előtt esett el a járdán. De olyan szerencsétlenül, hogy onnan többet fel se kelt. A járókelők találtak rá, mikor kivilágosodott, de már nem élt. És körülötte is zöldborsó volt szétszóródva. Az ő halálát is sokáig emlegették. Nagy nőfaló volt ő is. Hát ahogy mondani szokták: „nem esik messze az alma a fájától."

—Köszönöm az információt—mondta Rezső, és indulni készült.

—De ez maradjon köztünk. Ez már a múlté, nem kell bolygatni. Nyugodjanak békében a Kővágók.

—Köztünk fog maradni—bólintott Rezső, és kezet nyújtott.

Elsápadt arca beleolvadt a tél fehérségébe, meg-megbotlott, mire a kocsijához ért. Magára csapta az ajtót, és egy ideig csak a fejét ingatta.

Nem... Biztos, hogy nem baleset volt. Ezek... balesetnek álcázott gyilkosságok. És ugyanaz az elkövető. Ez egy sorozatgyilkos! Te jó ég!—hüledezett, és kezdett visszatérni a szín az arcába.

❋

Másnap újból átnézte a családi kapcsolatokat, és kijegyzetelte:

Kővágó Lajos idén, 2001-ben halt meg.

Apja, Kővágó Vince 1986-ban.

Nagyapja, Kővágó Sándor 1979-ben.

Huszonkét év alatt kiirtotta a Kővágó férfiakat. Ez nem semmi—tűnődött Rezső.—Őszintén szólva én is boldogan kinyírtam volna Lajost, mert megőrjített a féltékenység.

De vajon ki lehetett az a másik féltékeny férj, aki végzett vele? És az apjával? Meg a nagyapjával? Nem lehet ugyanaz a férfi, mert három különböző generációról van szó. De a jelek szerint mégis ugyanaz követte el a bűncselekményt, mert a módszer megegyezik. Na látod, Kővágó Lajos, ilyen a tökéletes gyilkosság—dünnyögte magában.

Szombaton reggel Rezső ugyancsak gyűrött ábrázattal bújt ki az ágyból, de elhatározta, hogy ezen a hétvégén csak Rezső lesz, a férj, és fiókba zárja a nyomozót. Milli már egész ügyesen mozgott a mankóval, ezért úgy döntöttek, Nagyi hetvenötödik szülinapját a közeli vendéglőben ünneplik meg.

—Kívánom, hogy továbbra is jó egészségben teljen az életed, isten éltessen sokáig!—mondta Rezső.

—Boldog szülinapot, Nagyi!—Milli puszit küldött feléje, és mindhárman koccintottak.

—Köszönöm nektek ezt a csodálatos estét. Nekem ez a legnagyobb boldogság, hogy együtt lehetünk—mosolygott Nagyi, és fényesen csillogott a szeme.

Vacsora után Rezső hazafuvarozta, és kisegítette az autóból.

—Mindjárt jövök—szólt vissza Millinek, és kedvesen rámosolygott.

—Oké—mosolygott vissza Milli.

Amikor beléptek a lakásba, Rezső a konyha felé indult, és az asztalra tette a kis csomagot, amit magával hozott a vendéglőből. Már fordult vissza, amikor megpillantotta az újságot. A gyászjelentésnél volt nyitva. Nagyi szoborrá merevedett, mikor összetalálkozott a tekintetük. Rezső arca egy szempillantás alatt lángba borult, szikrázott a szeme.

—Ez a Kővágó Lajos egy gazember volt!—sziszegte, és dühösen elrohant.

—Mindegyik Kővágó gazember volt... És hűtlen szerető—motyogta Nagyi, és becsukta mögötte az ajtót.

BEMUTATKOZÁS

Gál Csaba

1968-ban születtem Kecskeméten, és 1993 óta Székes-
fehérváron élek. Verseim és különböző műfajú prózai
írásaim 1988 óta jelennek meg magyarországi, illetve
olykor külföldi (olasz, angol) folyóiratokban és irodalmi
felületeken.

Eddig öt verseskötetem látott napvilágot: *Előhívás* (2009),
Az alászállás évei és *Magasabb szempont* (2012), *Poszt* (2016),
majd *Ellenszer* (2021).

Zeneszerzéssel és zenéléssel is foglalkozom. *Ébredés
előtt* című albumom—amely saját verseim megzenésíté-
seit is tartalmazza—2008-ban jelent meg, és ma is elérhető
a Spotify-on (https://bit.ly/EbredesElott).

A The Hammond House Foundation 2024-es, „TIME"
témájú nemzetközi irodalmi pályázatán *highly commended*
díjat nyertem a *performed song* kategóriában.

Habony Gábor

A sors különös hurkokat ír le. Életem első emléke az, hogy
kétévesen anyám ölében ülök a moziban, és félek Yodától.
És most, miután 2001-ben műfordító lettem, évek óta két
kiadónak is dolgozom a magyar Star Wars-könyveken. A
sci-fit különleges műfajnak tartom, Philip K. Dicket pedig
a legnagyobb írózsenik egyikének. Az *Angyal* soraiban az
ő egyik ötletét gondoltam tovább.

Az írás tizenéves korom óta kíséri az életemet: hol
hobbi, hol hivatás, de mindig kísérletező hozzáállással.

Kísérletezem nézőpontokkal, gondolatokkal, karakterek-
kel, világképekkel, műfajokkal és azok keverékeivel. Bár
a fordítás mostanában kevés teret hagy az írásnak, tele
vagyok ötletekkel — és tudom, hogy egyszer úgyis utat tör-
nek majd maguknak a klaviatúra felé.

Louis Holed

1981-ben születtem Karcagon. Gyerekkoromtól fogva a
történetek világa vonzott, különösen a horror, amelynek
hangulata már korán meghatározóvá vált számomra. Az
elmúlt években rendszeresen küldtem novellákat pályáza-
tokra; eddig hét alkalommal jelentek meg nyomtatásban
írásaim. 2024-ben két írótársammal közösen állítottuk
össze a *Meghívottak* című antológiát, amely fontos mér-
földkő számomra. Íróként az a célom, hogy maradandót
alkossak, és egyszer a kezemben tarthassam a saját hor-
rorregényemet — egy történetet, ami csak az enyém.

Horváth Erzsébet

Budakalászon élek. Magyar nyelv és irodalom tanárként
dolgoztam hosszú évekig, műveimben gyakran szerepelnek
diákok és pedagógusok. Szívesen írok a tisztes szegény-
ségről, a múlt század végének magyar embereiről, és
természetesen a maiakról is, a kortársaimról.

Kilenc éve igyekszem szavakba önteni a számomra iga-
zat, szépet vagy érdekeset.

Két regényem jelent meg a Holnap Magazin Kiadó

gondozásában: *Love veletek* és *A Hold távolsága*. Többször publikáltam a Napút Online felületén és a Soraya Kiadónál, az Irodalmi Rádió több antológiájában és a blogjukon.

Jáger Luca

Húszéves egyetemi hallgató vagyok, és kiskorom óta foglalkoztatnak a történetek. Nemsokára könyvformát ölt az első regényem, és már a másodikon dolgozom. Az alkotás számomra létszükséglet; imádok sütni, főzni, a természetben lenni, zenélni... Félig vidéki, félig városi életem minden apró mozzanata megihlet.

Nyitott szívvel nézek a világra, és igyekszem mindenben a jót látni. Az írásaim nem rózsaszínek, de nem is fekete-fehérek: olyanok, ahogyan én látom és érzem a dolgokat. Ezt szeretem az írásban a legjobban. Lenyűgöz, hogy a sajátos szemléletünk ellenére is kapcsolódni tudunk egymás történeteihez, és olvasás közben érezzük: „ez egy kicsit (vagy teljes mértékben) rólam szólt." Mi ez, ha nem varázslat?

Kiskartali Judit

Kétgyermekes, 43 éves édesanya vagyok, és egyik kedvenc hobbim az írás. Hiszek abban, hogy a fantáziánk segítségével hidat emelhetünk álmok és lehetőségek közé; erős hátteret adhatunk vágyainknak—ez számomra áldott, reményteli érzés. Hálás vagyok, amikor a kezem alól kikerülő történetek elérik az olvasókat.

Dushan Lechky

Egy gyönyörű német kisvárosban születtem, ahonnan a magyar tanyavilágba költöztünk. Anyám ezt mindig úgy meséli, mint egy időutazást: „eljöttünk a középkorba." Talán ezért tekintek magamra ma úgy, mint egy időutazóra, aki abban a jövőben él, amelyről gyerekként álmodott—még ha a klímakrízis ezt lassan rémálommá is formálja.

Tanulmányaim után a legkülönfélébb munkahelyeken és a legmeglepőbb munkakörökben fordultam meg. Ezeket hosszú lenne felsorolni, tényleg minden voltam már, a szólással ellentétben még akasztott ember is. Hivatásomat Balaton-parti hennafestőként találtam meg, a szezonon kívül pedig aktmodellként „múzsálkodom" a hazai művészvilágban. A legtöbben életművészként tekintenek rám—talán azért, mert nem az átlagemberek hétköznapjait élem.

Máté-Király Márta

Nem állítom, hogy éjjel-nappal írok. Amikor azonban leülök, igyekszem olyan történetet papírra vetni, amilyet én is szívesen olvasnék: izgalmasat, meghökkentőt, hátborzongatót. Szeretem a rejtvényeket, szabadulószobákat és nyomozós játékokat, és néha bele is szövöm az ezekből tanultakat egy-egy történetbe.

Munka és család mellett kevés idő jut az olvasásra—és úgy gondolom, ezzel nem vagyok egyedül. Ezért kezdtem el olyan sztorikat írni, amelyek a kevés szabadidővel

rendelkezőknek szólnak. Így születtek meg a villámkrimik.
Jó (vagy rossz?) hír, hogy készülnek a hosszabb novellák
és regények is. Reszkess, világ—érkezem!

Óczy

1957-ben születtem Zentán, egy vajdasági kisvárosban. 2000
óta Budapesten élek. Ma már időmilliomos nyugdíjas
vagyok, tengernyi szabadidőmben novellákat, verseket,
gyermekmeséket fabrikálok, mert ami nem fér el bent,
azt ki kell írni magamból. Történeteimben néha a drámai
hangulat, míg máskor a humor kapja a főszerepet. Nyom-
tatásban megjelent írásaim antológiákban, magazinokban
olvashatók, valamint online felületeken.

Pádár-Csernus Vivien

Rózsaszín álmokat kergető, utazni imádó, kávémániás
anyuka vagyok. Lételemem az írás és a történetmesélés.
Kísérletező kedvem a prózáimban is megjelenik: legtöbb-
ször érzékeny, karakterközpontú elbeszéléseket írok, de
kipróbáltam már magam a fantasy világában is. Egyedi stí-
lusomban a belső fókusz tágítja a dramatikus nézőpontot.
Inspirációimat többnyire a környezetemből, a minden-
napok fájdalmaiból és csodáiból merítem. Mottóm: a
legsötétebb álmokból is lehet rózsaszín.

Pedro Rey

Verseimet Király Péterként, prózáimat pedig Pedro Rey
szerzői néven teszem közzé. A kisebb-nagyobb kitérők

ellenére mindig arra törekedtem, hogy a művészetek közelében maradjak. Az olvasást kedvelőkhöz évek óta versekkel, novellákkal és nagyobb lélegzetvételű írásokkal igyekszem szólni.

Tizenegy évesen írtam az első versem, amely azonnal meg is jelent egy országos napilap hasábjain. Az *E.T.A. 2025* című antológiában megjelent két írásom három különdíjat nyert el. *A Szeretettel édesapámnak* című antológiapályázaton II. helyezést, az *Újratervezve! Elromlott a Csillag Kapu* című pályázaton pedig I. helyezést értem el.

Peter Shepherd

Juhász Péternek hívnak, az írásaimat pedig Peter Shepherd néven publikálom. 1985-ben születtem Budapesten, és az egyetemi éveim alatt kezdtem el novellákat írni a magam örömére. Idővel az érdeklődésem egyre inkább a science fiction felé fordult, bár az utóbbi években tudatosan igyekszem minél több zsánerben kipróbálni magam.

Első nyomtatásban való megjelenésem a 2014-es Preyer Hugo emlékpályázat válogatáskötetében történt, és azóta is rendszeresen jelennek meg írásaim különböző kiadók antológiáiban. A pályázatokon való részvétel mellett eddig egy saját novelláskötetem és egy verseskötetem látott napvilágot.

Az alkotás számomra elsősorban gondolatébresztés és önkifejezés—remélem, közben néhány kellemes percet is tudok szerezni az olvasóknak.

Végh L.

Magyarországon születtem és ott fejeztem be tanulmányaimat, mielőtt nyakamba vettem a világot. Amikor épp nem történetek járnak a fejemben, azon dolgozom, hogy megőrizzük a természet és az élővilág sokszínűségét az olyan veszélyektől, mint a klímaváltozás, az emberi tevékenységek vagy a természeti katasztrófák. Munkám révén dolgoztam már Angliában és Németországban, jelenleg is külföldön élek. Amikor nem írok vagy épp erdők mélyén barangolok, szabadidőmet olvasással és sporttal töltöm.

www.ingramcontent.com/pod-product-compliance
Lightning Source LLC
Chambersburg PA
CBHW070448260626
47161CB00004B/1237